講談社文庫

大人問題

五味太郎

講談社

大人問題・目次

目次

装画イラスト——五味太郎
レイアウトデザイン——ももはらるみこ

まえがき

はじめはたぶん絵本だったと思います。

ごく楽し気に絵を描いて、なんとなくまとまって、結果、絵本という形になって世に出して、ま、気軽な作業をそれゆえに続けていたのですが、そのうちなんとなく、周辺の不思議な気配が気になりだしました。この本は子どもにわかるか、この絵本は何歳ぐらいの子に向いているのか、子どもを本好きにするにはどうしたらよいかなんていう話、あるいは幼児早期教育、児童発達心理学、初等芸術教育なんていった凄いやつ。それもそう冗談で言っているわけではない、それなりにかなり本気でけっこうしつっこい。不思議だったのははじめのころで、だんだん不愉快になりました。

なぜなら、それらすべて、とりあえず子どものことを言ったり扱ったりしているはずなのに、肝心の子どもがどこにもいません。子どもをどうするこうするの大人がいるばかりなのです。で、もしかすると、ぼく自身の作業もそんな不条理な、あやしい文化の中にくみされているのかなあと思うと、ちょっと言っておかなければならない気がしたのです。

そして、そういえばぼくも子どものころ、質は少し違ってはいたのだろうけれど、同じような子ども不在の社会の中にいたんだということに気づきました。書きながら、気づきました。

大人問題

とにもかくにも心穏やかではない大人たち

■ニューヨークの街中が煙でいっぱいでした。どうやらニュージャージあたりの森林で火災が発生したらしく、その煙が風に乗ってニューヨークまで来てしまったらしいのです。

ＣＮＮかどこかのＴＶニュース。レポーター氏が街の声を聞いていました。御老人、ビジネスマン、タクシードライバー、主婦。みんな困った、なんとかならないのか、当局はなにしてる、これじゃ商売上がったりだ……などなど苦情、困惑、怒りの声です。

で、レポーター氏、そろそろ切り上げようかというあたりで、脇を年のころ八、九歳、縞のシャツにジーパンの少年が通りかかりました。たぶん、ほんのついでという感じだったのでしょう、レポーター氏、その少年にマイクを向けて「この煙、君はどう?」って聞きました。するとその少年、今気づいたというような顔であたりを見回し、ちょっと間をおいて「ぼく、このにおい、嫌いじゃないね」

って言ったのでした。

こんなガキにこんなセリフを吐かせるアメリカという風土、まだまだ底力はあるなと思いました。

■ここに一人の個人的な個人がいるということです。自分の耳で質問を聞いて、自分の鼻で煙のにおいを嗅《か》いで、自分の頭でちょっとまとめて、そして自分の口で喋《しゃべ》るガキがいるということです。そんなことに感動する自分が少し情けない。それ以上に、情けないほど個人的な個人があまりにも少ない、この社会です。

■くるくる回るのが好きな女の子がいます。家の中でも公園でも道を歩くときでも、お母さんがちょっと目を離すとくるくる回る。バレリーナみたいに回ります。だからその子はスカートが好きです。

で、ときどき木にぶつかったり人にぶつかったりちょっと危ないことになることがあるので、お母さんは心配して、よせばいいのに、ある先生に相談したのだそうです。このあたりから話がおかしくなります。聞かれた先生とやらは「なにか集中できるものがあるといいんですが……」とかなんとか言ったらしいのです。

とにかく
しんぱいなの
…
わたし

くるくる回るのをやめさせるために。

■中学の終わりごろ、はっきりと絵本作家になりたいと思ったそうです。で、当面の高校進学について親とトラブルが発生したらしい。人生そんな甘いもんじゃない、とりあえず普通科へ行け、それからでも遅くないと親は言い、それじゃ遅いような気がする、今その方向へ行きたいんだと当人が言い、それが甘いんだ、いや、甘いとは思わない、そんな勝手するなら金は出さん、ええっ、それじゃどうすれば……あたりで、いちばん甘そうなぼくのところに手紙が来たという寸法だったようです。その種の手紙なり電話なり、ときどきあります。共通して、みんないいやつです。

少しパワーが足りないのも共通していますが、とりあえず普通の子です。普通科に行かなくても普通の子です。で、ぼくとしてはとくに意見はないのですが、ま、なにかの縁ですから、「行きたい方向がなんとなくあると、人生それなりに甘いよ」と実感を伝えておきます。

■日本の学校をやめてサッカーしにブラジルへ行くと言い出した、今十三歳、中一の息子を持つ母親から説得してくれるように頼まれました。で、その少年と会って話したら、まことにいい話なので一刻も早いほうがいいと説得して、あとで母親になじられました。彼は今、クラブチーム傘下の寄宿制のスポーツ学校で、サッカーをやっているはずです。そういえば、その母親、昔からの友だちですが、そのうちファッション関係の店を出すつもりだという話をずっとしていて、いまだにその気配はありません。

■「うちの子にはどんな絵本がいいのかしら」などという悩み相談には、「それは五味太郎でしょ」とまったく次元の違うお答えしかできません。そんなことで悩まないでください。

■選定図書とか指定図書とか、あるいは課題図書なんて辛気くさいものが、子どもをとりまく書籍文化の中にたくさんあります。教科書は検定図書です。有害図書という視点もあります。子どもたちのためによい本を、あるいは害のない本をということなのでしょうが、それは大きなおせっかいというものです。いつどこでどんな本に出会うかというスリリングさが本の命ですし、それが有益か無益

こどもには
どーかな
これは
ダメね‥

か、有害か無害かは、まさに読書そのもののお楽しみなのです。そこのところをまったく知らない大人、つまりあまり本が好きではない大人が子どもの本の世界をめちゃくちゃにします。

■出版社と広告代理店が書籍の売り上げアップをはかって計画したのが課題図書、作文コンクールだという事実、ご存じでしたか。

■たとえば、ある頁にぞうさんが二頭いて、片方のしっぽにはさくらんぼみたいな赤い実がついていて、もう片方のぞうさんにはありません。で「さくらんぼたべたのだあれ」という問いかけの文がついています。『たべたのだあれ』というぼくの絵本です。ぼんやりした、いい絵本です。

で、さくらんぼがしっぽについているほうのぞうさんを指さして「こっち」と言う子どもがいます。ついていないほうのぞうさんをさして「こっち」と言う子もいます。

前者はとくに言い草のないタイプの子どもです。ぞうさん、さくらんぼ、こっちとスムーズです。で、後者は「たべたのなら、さくらんぼはおなかの中だ。しっぽについてるのはまだたべてない……」という言い草のある子どもです。前者、後者、あるいはもっと別の他者も含んで、うんうん、そうか、そうだよね、なるほど、でもね、もしかすると……などと楽し気なのが絵本です。ほんとうの答えはどちらなのでしょうか、と真剣に質問されると困る世界なのです。そういった質問者、概して絵本がそう好きではありません。

■子どもはみんな冗談の世界で生きています。冗談、お遊び、シャレの世界でしょうか。目が楽しい、口が楽しい、のどが楽しい、耳が楽しい、手が楽しい。絵本というものはそういう世界に実になじむのですが、サポートする大人の側が違うモティベート（動機づけ）としてとらえるから、おかしなことになってしまいます。出版社もそれに対応して「知育絵本」やら「発育絵本」を出すし、絵本専門店も「この本は一人で読むなら三歳からですね」なんて、わけのわからないことを言うし、もうだらけ切っているわけです。

■「絵本の読み聞かせ」というやつ、ぼくは嫌いです。子どもに本の楽しさを教えたい、読めない子どもに読んであげたい……といったスタンスがまず変です。

そしてなにしろ、そういう運動をしているおばさんたちは芸がなくて変な読み方するから、つまらないのです。めくるテンポがずれてるから、もうちょっとそのページを楽しみたいと思ってるのに、パッとめくっちゃったりするのです。

個人個人でいろんな楽しみ方があるんです。どんどん行ってまた前に戻って読む子もいれば、後ろから読む子もいるし、あんまり気に入ったから絵本の絵切り抜いて、定期入れに入れちゃったりもするんです。

それを実際に見たときはなぐってやろうかと思ったけど、こういう愛され方もあるんだなあと思ったのでした。

絵本の普及運動なんてダメです。はじめから絵本になじみません。

■人を信じられない人というのは、自分が自分を信じられない人のことです。自分はほっとくとサボるので、みんなもそうだと思って、だから宿題を出したり目標を決めさせたりするのです。サボらせないように。

■男の子と女の子が部屋に入って、ドア閉めちゃうと、あやしい、いやらしいことするんじゃないかって心配する大人は、なんのことはない、その大人自身がいやらしいのです。部屋で何をするかはその子たちの問題です。それが急にベッドに入るんだったら、もうその二人はとっくにデキてるんだから、あきらめるよりほかはありません。「門限は九時だぞ」なんて言ったって、八時に悪いことしたらどうするんでしょう。日暮れ前には帰ってこいって言ったって、じゃあ、昼間カーテン閉めてあやしいことしてたら、どうするんでしょう。ずうっと親がついて回るのでしょうか。マンガみたいです。そういった子どもに対しての心配、不安、自信のなさというのは、自分に対しての心配、不安、自信のなさそのものなのです。

■「今夜の八時にわたしは死にます」というFAXが、ある町の教育委員会に入ったそうです。午後の四時ごろのこと。その町の中学校の美術のK先生から聞いたお話。

どう考えてもいたずらなんでしょうが、なにしろ教育委員会に直接FAXですから、教育委員会も、ま、型どおりあわてたそうです。で、委員会は緊急対策として、どうもその主が中学生らしいので、各中学校は生徒を全員八時まで学校に集めておくように、という指示要請を出したそうです。集めておけば死なないだろうと思ったのか、当人がまだ学校にいるという前提だったのか、よくわかりませんが、なんとも間の抜けたお話です。K先生は「こんな事情なので、みんなもつき合ってね」と言ったそうです。「で、このクラスの中で八時に死ぬ人いる？」と聞いたら、全員で「いねーよ」ということ。じゃ八時まで遊ぼ、ということでトランプ大会にしたそうです。情報公開型のK先生は素敵、それにひきかえ教育委員会は大変ね、というようなお話。

■子どもがたとえば、ファミコンばっかりやってると心配する親がいます。あれ、親のいつものパターンです。メンコがはやればメンコは禁止とか、ベーゴマやってると、ベーゴマばっかりやってると文句つける。子どもって、いつの時代も大人から見ると「ばっかりやってる」ように見えるらしいのです。

■アニメばっかり見てると「アニメおたく」と言うけど、それは、アニメの地位が低いからにほかなりません。「文学おたく」「天体観測おたく」とは言いません。あえて言いたいときは、マニアとちょっとシャレて言います。でも、アニメおたくがビデオをずうっと見てニヤニヤしてるのが気持ち悪いなら、天体観測が

なにしろ たいせつなのは バランス
BALANCE
なにごとも ほどほどに

趣味のやつだって、狭いところに入ってカップラーメンなんか食べながら望遠鏡のぞいてニヤニヤしてるわけですから、同じく気持ち悪いです。でも、なにしろ天文学ですから、いいんです。星はロマンチックでいいもんだと認知されているから、いいんです。

■一般論としては、だいたいの親は子どもに「集中力」をつけさせたいと思っているのですが、ファミコンに関しての集中力というものは認めません。同じ集中してマンガを読むんだったらせめて赤塚不二夫じゃなくて手塚治虫を読んでくれなどと、かなり身勝手です。

■お菓子なんていうものに関しても「自然の材料を使った栄養のある、かつ肥満にならない、加えて頭脳の発育にもいいものを」などと、どこかで考えています。そんなもの、この世にはめったにありません。いや、まったくありません。

■ファミコンばっかりやっている子は、その子にとって今ファミコン以上におもしろいものがないというだけの話です。ファミコンに熱中するあまり、飯も食わない、風呂も入らない、学校ももちろん行かない、カロリーメイトかじりながらずーっとやってる子がいたら、かなり充実したおもしろい人生だけど、そういう子はあまりいません。今やることが見つからないのでとりあえずファミコンあたりで暇をつぶしているというのが実情のはずです。ぼくもある時期、麻雀ばっかりでした。

■世に言うボランティア、社会奉仕というやつにうつつを抜かして、学校も行かず、家にも帰らず、友だちとも遊ばず、というと、これまた親は不安です。いつもビニール袋とゴムびきの軍手とゴミ挟む箸みたいなの持って、友だちに誘われても「今忙しいから」と断って、駅前では「おじさん、タバコのポイ捨てはやめて」と注意して、そのうち仲間を募って「ゴミ拾いクルセイダーズ」みたいなのを組織でもしようものなら、親はものすごく不安です。大方の親は短絡的だから、「このままずっと行っちゃうのかしら」と思ってしまうわけです。こういう集中力もまたダメなわけです。

でも、その子が清掃の専門家になる確率はかなり低い。なんらかの形で必ず限界がくる。そして、次のことを考える。駅前で注意してる子は政治運動方面に行

わたしたちがここまでがんばってきたのは
いったい
だれのためだとおもってるの

くかもしれないし、仲間集めるのが馬鹿にうまくなって、組織を作る側に行くかもしれない。親の好みは別として、それなりに楽しみです。

■親はなぜか、わが子が「バランスのいい子になってほしい」と思っています。偏らない子になってほしいと願います。富士山があるからなんでしょうか。

■子どもをバランスよく成長させておきたいと親が願うのは、どっちの方向にも行ける子どもにしておきたい、就職のときも電気系でも鉄鋼でもマスコミ関係でもデパートでも教職員でもいい、なんでもいいからまあまあ稼げる子になってほしいという、昔でいう、いわゆる親心というものですが、ちょっと考えてみるとかなり情けないヴィジョンです。子どもにもけっこう失礼な気配りです。はじめっから敗者復活戦みたいです。

■ダメな親ほど、子どもにとって親は絶対必要だと思っているようです。たとえば「二親が揃っていないから、この子は曲がった」などという言い方をよく聞きますが、三親いても四親いても曲がるやつは曲がります。

「子どものために二人は別れられない」なんて言い方をして、自らの離婚問題をなんとかごまかそうとする親もいます。

■子どもにとって、べつに「親」がとくに必要なわけではありません。いざというときに、自分を受けとめてくれる「大人」が、あるいは、ここで話したい、ここで聞いてほしい、アドバイスや知識がほしいというときに、ともかく聞いてくれる大人が必要なのです。

書類の両親の欄に父、母が並んで必要だと勘違いしているのは親のほうであって、子どもにはとくにそれが要るわけではないのです。書類上の親の必要性を感じている子がいたら、それはもうかなり完成したガキです。

■ずっと別居状態がつづいていて、最近やっと決心がついて正式に離婚に踏みきった女性がいます。そのことを、中学二年になった一人息子に話したところ、「うん、やっと君も大人になれたね。よかったね」と頭をなでられたそうです。

■ご両親が病弱な家庭の子なんていうのが、意外といいパターンになる例、よく見かけます。それは親が生物としての機能を十分果たせないけれど、子どもにとっては十分大事、かつ安定した存在で、それをずうっとそのまま見ていることで、その子の人格形成が充足した形で進んでゆくのだと思います。

■親の優位性や主導性を表現するために「わたしがお腹を痛めて産んだ」などというセリフを口にする母親や、「おまえのためにおれはどんな苦労をしてきたことか……！」などと乱れる父親に対し、子どもはその言っている意味がよくわかりません。わかるわけはないのです。ウソなんですから。そこで仕方なく「産んでくれって頼んだ覚えはねェよ」という、非常にわけのわかるセリフを吐きます。どこに照らしあわせても、これはホントです。

もうとっくに すっかり疲れきっている 大人たち

■小さいときから勝手気ままな一人遊びが大好きで、今もまったくそのまんまの人生を続けている絵本作家の女友だちがいますが、その人から、子どものころ一人で遊ぶのがとても大変だったという話を聞いたことがあります。

　なにしろ楽しいので、たとえば砂場などで一人で遊んでいると、必ず先生がやってくるのだそうです。「みんなで遊びましょうね」って。仕方がないから、しばらくはみんなと遊ぶのですが、やっぱり一人のほうがおもしろい。で、また砂場に戻って遊んでいると、また先生が来る。それを何度か繰り返しているうちに、しまいには、先生がほかの子ども二、三人を砂場まで送り込んできたそうです。「いっしょに遊んであげてね」と。

　わかるような気がします。ありそうな話です。その子を見ないで形を見ている。一人という形を見ている。一人ぼっちという図式を見ている。一人ぼっちはよくない、みんなで仲よしというのがいいという形式で見る。で、実のところ、何も

見ていない、何も考えてない、何も感じていない、つまりサボっている。とりあえず指導者、保育者の立場の大人によくあるパターンです。

■ もしかしたら人間四千年もやってて、あるいは三十五万年も生物やってて、疲れちゃったのかもしれない。世界史、日本史なんて見ていると、うんざりする気になるのもわからなくはありません。サボりたくなるのもいた仕方ないかもしれません。

■ アダムとイブなら、歴史の試験もラクです。「昔はどうでしたか」「知らない。わたしから始まった」。あとはリンゴ問題について少し勉強しておけば、試験はOKです。

■ シェークスピアの時代でさえ、すでに大変です。お芝居見ているとよくわかります。『ロミオとジュリエット』も『リヤ王』も『マクベス』も人間関係にかなりうんざりしている。近松だってそうだし、カフカなんか、もううんざりしきってる。そこをなんとか、それなりにがんばっているという感じはします。

■なにしろ親がうんざりしているのですから、もう子どものことは「決めちゃいましょうよ」って感じになるんじゃないかなあという気がします。自分が恋愛関係のごたごたで大変だったから娘たちにはそんな苦労をさせたくないとか、親父が受験で大変だったから子どもを私学に入れようと思ったり。すべてにおいて精神が疲労しきっていて、この際もう細かいことは問わずに「なにしろ仲よくしなさい」「言われたことやってれば、人生うまくいくから」と座ったまま言っているような感じです。そういった、すでにパワーダウンしてる大人が子どもを教育しているような気がします。

でも、生まれ出た子は、やっぱりアダムとイブなんです。みんなゼロから始まったはずなのです。その各々の個の歴史が最初から「うんざり」というのはあんまりです。個々が始まりのところからすでに侵されてる感じがすごくします。

■運動会なんて、もう延べ百万、二百万回ぐらいやってきて、うんざりしてる。だれが、ではなくて、運動会がうんざりしているのです。子どもたちにとっては、まだ新しい運動会なんです。四年生ぐらいから、少しうんざりしますが。でも、なにしろ運動会そのものがうんざりしているので、それ以上は望めないのです。

まったく　うんざりするぜ…

■お花見というものがありますが、この場合、なぜかチューリップや桃やこぶしじゃダメで、桜なんです。なぜ桜なのかわからないでもないけれど、多くの人々は考えていない。なにしろ花見は桜なんだということで、こちらは千年か千五百年ぐらいきたのです。で、やっぱり少しうんざりしているのです。花見が。そうでなければ、あれほど異常な花見にはならないはずです。うんざりをクリアするにはアブノーマルしかありません。

■ときどき近所の公園などで、お爺ちゃんとお婆ちゃんが魔法瓶ぶらさげて、お茶飲みながらしみじみお花見してたりするのを見かけますと、ああ、こういうきちんとした花見もまだあるんだなあとうれしくなります。

■ちょっと郊外に行くと、こんなところに桜の木が、というような場所に一本だけあって、見事に咲いていたりしますが、そういう桜の木を見ていると、桜も新鮮なわけです。上野や千鳥ケ淵の桜みたいに花見にうんざりしてないのです。桜の木のＤＮＡに、すでにうんざりが組み込まれているんじゃないかという仮説が立ちそうです。

■よくニュースで「季節の話題」というのをやります。七月一日、海開きのときには必ず海岸に人が出るとか、夏本番というと、なぜかみんな動物園の白クマのところへ取材に行きます。暑さのあまり、白クマもだれているって。あれ、去年の映像を流していても、絶対だれもわかりません。白クマももちろんうんざりしていますが、ニュースがすでに、「季節の話題」がすでにうんざりしているわけです。

■大人はすでにうんざりしてるなら、うんざりしてることをちょっと自覚したほうがいいと思います。生活に疲れてるなら疲れてると言えばいい。そうすればそのことについては、子どもは本来優しい生き物ですから、それなりに理解できるし、いとおしんであげることもできるし、もしかすると、実はぼくもうんざりしてる、わたしも疲れてると言うかもしれません。うんざりとがっくりの相互理解です。

でも大人は素直ではありませんから「いつも、子どもの幸せは考えてます」と言います。こと自然環境問題なんていうものについても「一応、問題意識はもっています」とか言うわけです。国会答弁とおんなじです。お茶を濁してるんです。

そのことにかんしては
こちらも いちおう
考えては
おるんです

子どもに「なりゆきにまかせている」とは言えないから「今いろいろと考えている」と言う。それじゃあ、そのうち少しは変わるのかなあと、子どもは待っているのですけれど、変わるわけがない。やる気がないんですから。なにしろうんざりして疲れているのですから。

■この国のキーワードは「そういうことになっている」

というやつです。PTAの話をしていても予防接種の話をしていても町内会の話でも、「ちょっと変だな」「なんで、そうなるの」なんて思って質問したりすると、だいたい担当者は「そういうことになってるんですよね」と言います。

だいぶ昔の話ですけれど、婚姻届には立会人の署名捺印が必要だと聞いて、たまたま失業保険をもらいに行った帰りに遊びにきた友人が「おれ、ハンコ持ってる」と言うものですから、そいつに捺印させて、夕方ぎりぎりの時間に役所に行ったわけです。そしたら、「立会人は二人必要です」って。「えーっ、なんでですか」と聞いたら、「いや、そういうことになってるんですよ」。すると、脇から掃除のおばさんが近づいてきて、「ハンコ持ってますから、私でよかったら」と言ってくれました。ありがたいことです。で、めでたく届けを出しました。失業者と掃除のおばさんが証人だから、かなりしっかりした結婚です。

で、三十年近くもたって、いまだ「そういうことになっている」問題も、結婚問題も、何も解決していません。めでたいというよりほかはありません。

■ぼくの友だちの教師が、市販のテスト問題を使って生徒に感想文を書かせたのを見せてくれたことがありました。その問題文の文章を要約すると、授業中に雨がザーザー降ってきて、お母さんたちが次々に傘を届けにきてくれる。でも、うちのお母さんはパートで働いてるから来られない。お母さんもがんばってるんだから、わたしもがんばろうと思って、わたしは友だちの傘に入れてもらって帰りました、というようなやつです。

で、その感想を五十字以内で述べなさい、という解答欄に、「べつに。」と書いた子がいました。しみじみします。まったく同感です。だって、たかが雨が降って、傘があったりなかったりで、まさに「べつに。」は妥当な線です。五十字以内すぎるキライはありますけれど。ぼくの教師の友だちはまあ出来るやつだから、「これ、参っちゃうよ、いい点数つけるしかないんですよね」って。でも、そんな教師って、まずいません。

ちーいう こくに

なって みんべす。

その市販のテストについている教師用の模範解答が、また気持ち悪いものでした。女の子がお母さんの気持ちを考えて、さみしいのを我慢したことに感動しましたとか、傘に入れてくれた友だちの優しさに感動したとか。つまり、子どもたちは、その線でサボってる大人用の答えを模索しなくちゃいけないわけです。

人間の精神活動の一つの手段としての言語とか文章とか、かなり重要なものを背負っているはずの国語、言語の学習というフィールドを、まったくサボって設定している。そこで学習するのは何かといえば、期待される「サボるための答え」を覚えるという以外あり得ません。

■ずっと昔、ぼくの娘のテストにも似たような問題がありました。「雨が○○のように降ってきた」「雪が○○のように降ってきた」という問題文があって、○○のところに後ろの選択肢から言葉を選んで入れるというやつ。選択肢は三つあって、「真綿」と「絹糸」と、なぜか「座布団」というのがある。「座布団のような雪」も悪くない、ユーモアのセンスを問う問題かと思ったら、どうもそうじゃなくて、「絹糸のような雨」と「真綿のような雪」が正解。いわゆる慣用句というやつです。娘は「座布団のように雨が降る」とやって、×でした。

実際に雪が降っていて、ああ「真綿のような雪」ってこんな雪のことを言うんだなとか、背景に山があって細い雨に光が当たって白く見えてる、なるほど「絹糸のような雨」っていうのがぴったりだなと思うことってあります。こういう言い回しを最初に言ったやつは「おー、なかなかえらいね、たいしたものだ」とは思います。でも、試験にはなじみません。とくに、あてはめ問題には向きません。

■「○○のように」というのは直喩《ちょくゆ》です。たとえ言葉っておもしろいものです。「これはゴリラのようなテープレコーダーだ」とか「きょうはクジラのような天気だ」なんていう、かなり自由気ままな感覚の世界の話です。

足がしびれちゃったときに「足がサイダーだよ」って言った男の子がいたそうです。「泡立つ」とか「粟立つ」なんて言葉もすでにそんな発見を経て言語化したわけです。そういう表現がこれからも可能なんだろうし、やっぱり、言葉って限りなくスリリングなんです。そのスリリングさの学習、どこかにあるのでしょうか。

■「起承転結」と言いますが、それにしたがって書いた文章って大方おもしろく

あんまり個性的なこと
いわないでよ
あたま
くはりなる
こくご

ないものです。それが文章作法の基礎だなんていったいだれが言い出したのでしょう。あれは文章の一つのパターンにすぎません。あえて言えば、ま、安全な、わざとらしいパターン。実際、おもしろい文章にこれを当ててみるとなかなか当てはまらない。承から始まっている、あるいは大胆に結から始める、またあるいはずっと起のまんま、なんていういろんなパターンが数多くあります。文芸の中にこれだけいろんなパターンがあるのに、そんなこと言う人、あまり本を読んだことがないのでしょうか。それを作文の時間に子どもたちに教える。かなりつまらない、いや、ちょっと有害なことです。

■「自分たちがこれから歴史を作っていけるんだ」という心持ちって、素敵です。学んでばっかり、昔のことを拾い集めてばっかり、今までの材料を味わってばっかり、というより、これから作っていくというほうがどう考えてもワクワクします。ほんとはこっちにウエイトがあるはずなんです。そのほうが子どもになじむから、子どもはそういうニュアンスがあると、うれしくなる。音符を並べると音楽ができるんだ、色塗ると絵が描けるんだ、文字を組み合わせると文章が書けるんだ、数字を操ると計算ができるんだという可能性を知ること、その可能性はなんだかとってもワクワクするものなのです。

ですから、細かいところはどうでもいいのです。二分音符一つでも四分音符二つでも大差ないし、漢字の書き順なんかもうどうでもいいのです。作図の直角が八十九度になっちゃってもそう困らないんです。ぼくはそれでしばらく工業デザイナーやっていました。なにしろ可能性の気配です。その気配、なんでこうまでなくなってしまったのでしょうか。

■「実験精神」というものがほんとうに少ない社会です。ちょっと試してみる、少し変えてみる程度の実験も、なんとなく遠慮しがちの社会、個人です。

いまだに小学生の大勢はランドセルです。勤め人は背広にスーツです。もっとふさわしい鞄《かばん》や服装、限りなくある、それこそ物質的には超豊かな社会なのに、使おうとはしません。よりいいものを取り入れようとは考えません。変える、変わるを恐れます。実験、試行は罪という感じです。

■「実験精神」が好きなぼくは、よく失敗します。かつてランドセルをデザインして売り出したことがありました。ローズピンクとダークブラウンの、ま、シャ

実験精神は ライト兄弟に
まかせて おいたら どーです

レたやつです。本物のビニール製です。ちょっとしか売れませんでした。あとで市場調査したところ（なぜ先にそれをしとかなかったと言われればそれまでですが……）、ランドセルの購入権はなんと爺さん婆さんなのだそうです。孫の入学祝いに爺さん婆さんがランドセルを買うというのが主流なんだそうです。そして最後の見栄を張るわけです。それにはビニールのローズピンクの八千五百円はダメなんだ。本革謹製三万九千円、黒光り、赤光りがベストなんだそうです。実験精神も、生活改善も、孫の入学祝いの前には形無しになります。

■アメリカに留学したある女の子が、ホームステイ先のホストファミリーに和食をごちそうしようと思ったんだそうです。でも、家では料理なんて全然やったことがない。それでも和食をごちそうしようなんて思うところが、その子のいいところですし、ホームステイというものの本質的な魅力なのかもしれませんが、なにはともかく、まずはみそ汁を作ろう、だしをとらねばと思ったんだそうです。ママは確か、海草類でだしをとってたという記憶がぼんやりあったので、とりあえず手元にあったヒジキでだしをとったら、なんだか変だったそうです。でもホストママもホストパパも、それなりに飲んでくれたらしい。よかったよかった。

ぼくはヒジキでだしをとったことがないから、うまいのかまずいのかわかりませんが、その話を聞いて、なんだかとてもうれしかった。そうやって、だしをとるということをとりあえずやってみた彼女が、ごく自然に、だしには昆布だしもあるし、かつおだしもあるし、いりこだしもあるし、貝や野菜でも煮込むといいだしが出るし、といろいろやっていくようになるんだろうし、そのうちにそれこそ「ああ、おいしいものって、いろいろあるんだなあ」という料理の本筋に至るようになるんだと思えます。なにしろ嵐山光三郎みたいに、かつお節でとれるなら鉛筆の削りカスでだしとった人もいるのですから。いや、あれはだしではなくて具だったかもしれません……。

なんだかんだと子どもを試したがる大人たち

■大人は子どもに対して、すぐ試験をします。まさに試すのです。実力をつける、客観的評価をするなどという理由のもとに子どもをいたぶってるとしか、ぼくには思えません。なぜ、そんな形でしか実力つけられないんだろうか、最後はテストなんだろうか、点数なんだろうかと思います。それが大学入試まで続いて、社会に入っても営業成績という点数化によって評価されていく、この社会の雑さ、未成熟さ。救いがないなあという感じがします。

■女神様が、わざわざ金の斧《おの》と銀の斧を持って出てきて「これがあなたの斧ですか」と、木こりを試す話があります。これ、ほんとうに意地が悪い。最初から木こりが落としたのは鉄の斧だってわかっているくせに、あえて試します。警察はわからなくても、女神様ならわかっているはずです。なにしろ女神様なんですから。

『蜘蛛の糸』もいやな話です。あんな細い糸に、あとからあとから大勢のやつが昇ってきたら、「おれが終わってからにしろ」って怒るのが当然です。仏様も、うす汚い手で人を試します。この関係、神も仏もないという感じ。

■自主的な参加を大前提にして、参加したい人はどうぞ、というカリキュラムを作らない限り、このいやらしさはずうっと続くと思います。

たとえば、図工コンペにぼくは出す、わたしは算数の試験に参加して学力試したい、というのが素敵です。運動会もいろいろな種目が用意されていて、このうち好きなのに参加する。イロモノが好きな子はパン食い競走と借り物競走、スポーツマンシップ好みの子は百メーター走とマラソン、美意識の子は新体操、なんていう選ぶ楽しさがあれば、競うことにもそれなりの意味が出てくるはずです。

■この国は「努力」というものを過大評価する国です。人様のために働いてきた歴史が長いからだろうと思われます。お代官様に「こんなに汗水たらして働いてるんですよ」と見せなくてはならなかった歴史がかなり続いてきたんだろうと思います。もし自分のために働くという単純な行為がそのまま行われていたら、努力はけっして評価の対象にはならなかっただろうし、「努力」なんて墨で書いて貼る必要もなかったと思います。

■生まれつき車椅子に乗っている女の子が書いた文章を読んだことがあります。「わたしははじめっからこれだし、これに慣れてるし、これ以外味わったことがないから、十分普通に暮らしている。なのに、会う人ごとにみんなが『がんばってね』と言う。もうやめてよ。それさえやめてくれたら、明るいのに。いったい何をがんばるの?」というような意見、感想文です。

■どうやら、大人の普通の暮らしが、朝から晩までがんばっているらしい。がんばって駅行って、がんばって電車乗って、がんばって会社行って、がんばって挨拶する。そして「がんばり料」という感じで給料をいただいているらしいのです。

その大人の暮らしの反映があまりにもナマのまま、子どもにきてしまうのかしら。学校も「がんばりましょう」「がんばりました」で子どもを評価する。でも、子どもはまだそんなに帳尻合わせるような人生の時期ではないのです。「がんば

とにかく がんばれ!!
FIGHT.
IS
FIGHT

りましょう」「がんばりました」では色気がなさすぎます。

■いつだったか「大なわとびでギネスブックに挑戦」というテレビ番組がありました。学校の先生が生徒百何人を使って、記録に挑戦していました。いや、そうじゃない、生徒からの発案だ、自主性だ、と言うでしょうけど、それは甘い。見ているうちに、重たくなってきました。まあ、半分ぐらいはそういう馬鹿騒ぎが好きな、はしゃいじゃうタイプの子もいるんでしょうが、その一方には必ず、必死な、悲壮な子がいるわけです。

結果的には成功しましたが、記録達成の瞬間にそういう必死な子たちが泣き出しました。それを、カメラで映してる大人は「成功したから感激して泣いている」と実に脳天気に見るわけです。

冗談ではありません。ぼくにはその子たちがどんな気持ちだったのか、九割ぐらいはわかる。もう命がけです。失敗したら「おまえの足が引っかかったからだ、おまえが真剣にやらなかったからだ」という形で村八分だったに違いないのです。だから、もし失敗するなら、みんなでいっぺんに引っかかってほしいぐらいのことを本気で思っていたんです。

たかがなわとび、たかが遊びだからこそこわい。そういう教師はたぶん、みんなが心を合わせて一つのことを成し遂げた、それを自分がリードした、いい思い出ができた、ぐらいにしか思ってないんだろうなと思います。

■戦争のころもこうやってたんでしょう、たぶん。みんなが非国民と言われぬよう、ひたすら耐えていた。「戦争に挑戦！」というイベントのような形で。そういう大きなイベントのために命令一つで機械的に動く人間を育てておきたいという亡霊のような文化が、いまだにあるんだなとつくづくいやになります。

その手の時代錯誤な人々が、かつての軍部や政府にいるならともかく、あろうことか学校に、幼稚園にいるんですからね。それこそ昔の言い方で言うなら、小国民の現場にいるのです。恐ろしい話です。そういう「全体が動くことが大事だろ」と言われたら反論できないような、重たい重たい文化の中で、「個」がとってもしんどい思いをしているのを感じます。

■ヘアスタイルって大事な問題です。スタイル以前に髪のほうが問題だと言う人もいますが、それはさておき、こんなもの、人からどうのこうの言われる話じ

生物においては 集団共生的
発達というような 相互協調性の
なんだら かんだらの 学術的
ほんだら‥

ゃありません。服装の問題も同じです。教師は馬鹿の一つ覚えみたいに、髪の乱れは心の乱れ、服装の乱れは心の乱れ、なんて言いますが、その「心の乱れ」がポイントです。ぼくは、心は乱れるためにあると思います。「乱れない心」なんて、心ではない。

「心」っていう字、好きです。あの形。「権」とか「軍」なんて字はみんなガッチリとくっついているけれど、「心」ってパラパラしてる。はじめっから乱れている。心を乱すなというのは、心をやめなさい、ドキッとかハッとかモゾモゾっていうのをやめなさい、ということです。確かに、管理者、為政者、まとめ役という立場の人は、みんなが乱れると困るんです。この「一糸乱れず」という要求、つまりは心をやめなさいと言っているのです。

■よく「ニンジンが嫌い」という子どもがいます。ニンジンって、かなりスペシャルな味がするからです。じゃがいもが嫌いという人はあんまりいないのは、じゃがいもがそれほどすごい味やにおいじゃないからなんでしょう。その点、ニンジンはちょっとクセがあるから、好みとしては「ニンジンが嫌い」というのも十分ありうるわけです。大人でもコーヒーが苦手な人とか、バーボンはくさいから嫌いという人、います。

ところが、学校給食でニンジンを残すとあれだけ怒られるのはなぜだろう、という問題は実はまだ解決していません。ニンジン食べないと遊びにいけない、罰として掃除をさせられる、宿題が倍になるからと、涙流してニンジン食べた、こんな馬鹿な話がまだほんとうにあるのです。これ、人権問題です。「人間はニンジンを食べる義務を負うている」という感じなのです。

子どもはまだネタが割れていないから、大人というのはすべからく実力があるんだと思っています。まあ、「アメリカ人はすべからく英語が話せる」レベルの認識ですが。そういうふうに大人も子どもにインプットしてるし、自然にそう思っているわけです。

その大人がここまでニンジン食えと言うんだから、なんか理由があるなと解釈せざるを得ないわけです。それでずうっとやってきて大人になってみると、それはなんの理由もなかったことがわかるという寸法。ブロッコリー残してもべつに不幸にはならなかったし、ニンジン食べなかったからといって、とくに病気にはならなかった。今、大人に「ニンジンと人生は関係あるか」と聞けば、九九パーセントが「ない」と認めてくれると思います。残り一パーセントは、かなり哲学

にんじん
たべないと
ピるーキに
なっちゃう
わよー
すなお
じゃ
ないね
この
ガキ

的なことをたぶん言います。

■宿題を忘れたことについて怒られるのは「先生が命令したことをなぜ守らないか」ということなんです。君のために、君の将来のためを思って、とかなんとか、いろいろなニュアンスで言いますが、そのもとは「命令をきかない子」が不愉快なわけです。それこそ威信にかかわるのです。

子どもは大人が言ってることの意味、理由を、一所懸命探っています。探るよりほかないのです。ぼくも実はそうでした。なんでこの人はこれほど怒るのか、あるいはほめるのかって。

こんなとき、そのことについて、もう一人聞いてみられる大人（たとえば親とか、ほかの先生とか）がいるかいないかは、子どもにとって大きな差です。「ニンジン嫌いなら、どけて食えばいいじゃないか」で、ニンジン問題、あっというまに解決します。「ニンジンぐらい食ったって、死ぬわけじゃねーだろう」みたいなヤクザっぽいのが、案外効果的だったりします。

ところが、親の側にも自分の命令をきく素直な子どもに育てたいという思いがあるなら、先生と親が同じ地平にいるわけですから、これでは子どもは参ります。

出口がなくなります。

■ぼくの父親は、ぼくが何回も同じ漢字を書く馬鹿馬鹿しい宿題をやっているのを見て「カーボン紙使えばいいじゃないか」なんて言う人でした。ただ、学校の現場に父親がいつもついているわけにはいかないものですから、やっぱりぼくが殴られたり立たされたりするわけです。でも、そう孤独じゃなかったような気がします。

■教師も親も同じ地平で素直なよい子を求めるなら、子どもとしてはとりあえずそれに即して日和《ひよ》るしかない。速い漢字の書き方とか、抵抗ないニンジンの食べ方、宿題をうまくかたづける方法、そういうつまらない知恵と努力にかなりエネルギーを使うわけです。ごまかしたり代返したり、それこそカンニングしたり。大人の満足のために、ものすごく無駄な時間を過ごすわけです。そしてそれが生活のほぼすべてになって、自分がやりたいこともできなくなっていく。やりたいことはなんなのか、もうほとんどわからなくなってしまう、そんな感じです。

■よくフラれた腹いせに「わたしの青春を返してくれ」なんて言う人がいますが、学校体制に向かっては「あの大事な時間を返してくれ」と声を大にして言っていいと思います。なにしろ最低で九年ですよ。

■遠足のお菓子は二百円まで、お弁当はおにぎりだけ、果物はダメ、みたいな決まりがいまだにあります。その理由は「貧富の差が出たら子どもがかわいそうだ」ということだそうです。実際に小学校の先生に聞いたことがあります。不思議なおせっかいです。

なにかの都合でお菓子を持ってこられない子がもしいたら、だれかがあげるでしょう。子どもの世界ってそんなものです。持ってない子には必ずあげるし、持ってない子は「くれ」と言う。わいわい取り合いして、ときどき殴ったり殴られたりで、平均してうまくゆく。うまくゆくよりほかはないという感じでうまくゆきます。そのときトラブルが起こっても、二百円を超えたの超えないのという疑心暗鬼よりは品がいいものです。

■アメリカ帰りの女の子が、遠足のお弁当の時間にみんなにキャンディーを配

ビンボーは
かわいそう なのよ

だから
おかしは 200えんまで
なのよ.

ったんだそうです。みんなに挨拶代わりに、かごに入れたキャンディー配るのが、前に住んでたアメリカの南のほうの習慣だそうで。それで、お菓子二百円なんて言われてんのに、子どもにも先生にも、るんるん配っちゃったらしい。

日本の理論は感情的理論です。そんな気がする、そんなことになっている。みんながそうしているレベルのことが理論化されてしまっているだけのことが多いのです。「お菓子は二百円まで」も、そういった理論です。だから、それを超えてしまう、さらに感情的な妥当性で「いいでしょう?」と言われると、案外コロッとなびいてしまう。みんなにキャンディー配ると楽しいし、もらったほうもうれしいし、というと、反対意見ってなかなか出ないです。たぶんに、文化というのは、そういうふうに違うところから突如やってくるもので、またこの国の文化はそれをそのまま受け入れてしまういい加減さも十分あるのです。だから、息苦しく感じたら、気楽に次へ進めばいいのです、この国では。

■ そうそう、ある学校の書き初め大会で、一人だけ横書きした女の子がいて、かなり新鮮な感じになったそうです。学校の先生に聞いたお話。貼り出すとき、ほかと揃わなくてめんどくさいというのはあるけど、「えーっ、みんな縦に書いてるんだ。じゃあ、わたしは横にしよっ」というタイプ。そういう子、わりあいいっぱいいいる。さらに、それを「おっ、いいね、おもしろいね」という大人がいることで、立体的になると、また世の中変わってゆくのです。そして気がつくと書道界なんかも変わったりするのかもしれません。

■大人が子どもを試している、それを今すごく不愉快に思います。よくできました、がんばりましょうという構造もなんとかしろよと思います。こういう不愉快さがなくなるだけで、世の中がかなり明るくなると思います。

どうしても義務と服従が好きな大人たち

■この世からもし「いじめ」というものをなくしたいと思うなら、まず今の学校システムをなくせばいいと思っています。つまり、学校にいじめがあるのではなくて、学校という構造がそもそもいじめなのだと思います。

■学校に行きたい子って、ほとんどいないという事実があります。お休みと聞けばバンザーイというところです。友だちに会いたいから、プールで泳ぎたいから、図書館へ行きたいから行く、という子はたくさんいるけど、学校そのものに行きたいという子はまずいないのです。

■物の本によると、学校というのはスカンジナビアあたりの海賊が海賊予備軍を訓練するためのシステムとして起こったらしい。つまり、組織が力を持つために個を強くする、そのためのトレーニングの場というところなわけです。歴史的

に。

　だから、よく子どもの文化の専門家みたいな人が学校と個のバランスについてなどと議論していますが、はじめから学校に「個」なんてないのです。組織の単位としての個があるばかりなのです。そうでなければ、何歳が何年生という学齢区分がこうも機械的に出るわけがないし、何時何分から始まる、あとは遅刻などと神経質になるわけもありません。組織の、つまり国のお役に立つように個人の力をアップしていく。さもなければ国力が落ちて世界の競争に負けてしまうというプレッシャー以外に、これほど社会が学校偏重に陥る理由は見当たりません。

■小学校一年生のとき、ぼくは前から二番目でした。小さかった。でも、一応二番目ですから少し穏やかでした。ところが、お正月明け、学校に行ってみたら、あろうことか一番目のチビが転校してしまっていたのでした。ショックでした。その恨みが前提になっているには違いありませんが、こうも背の高さの順番というものに神経を使う学校というところが不可解です。そんなこと、なんで気にするんだろうか、わかりません。それでなくとも、とっくに気にしているわけです。それをわざわざ「おまえはいちばんチビだ」「おまえは十六番目の高さだ」と、なかば公にする必要がどこにあるんだろうかと思います。

■試験で百点とった子は、六十点の子をいじめています。六十点の子は四十点の子を、四十点の子は零点の子をいじめてる。まったく意志ではなく、結果いじめていることになってしまいます。先生もみんながわかるように、わざわざ大きな赤い字でピーッと下線なんか引いて「40」などと書きます。この形自体が、いじめそのものなのです。で、いじめたりいじめられたりしたくない子は、それを隠します。高い点数をとった子が隠します。

■それは幼稚園・保育園のころから、とっくに始まっているのです。字が書ける子、書けない子。行動が早い子、遅い子。発表会できちっとできる子、できない子。できるできないという視点だけで見てゆくやり方の中で、結果、できる子はできない子をいじめている状態になります。そういう状態をわざわざ作り出すのです。なぜ、する子しない子ではいけないのでしょう。

■競争原理っていうやつなんです。お互い、競い合うことでそれぞれの力が高

ま、相対的にみて
おたくのお子さんは
バカ
です

加えて

チビ
です。

まる、ゆえに競争させるのは正しいという理論です。

まったく脳天気な理論です。ちょっと考えてみればそんな原理、ときどきそんなことがこの世では起こる程度の、ま、現象といった話で、とても原理などとは言えないものです。

まわりを見ればすぐにわかります。勝ったやつは図に乗る、負けたやつは落ち込む。勝ったら勝ったで、また勝ちたくなったり、負けたらどうしようかと不安になったり、負けたら負けたでふてくされたり、勝つための裏手を考え巡らしたり、いずれにしても、お互いの力を高めるなんて原理はなかなか働かないものです。できれば勝ち負けにこだわらないほうがいいのです。幼い人々にそれを言うなら話はわかりますが、あえて競わせようという心理、下品としか言いようがありません。

■自然発生的でなく、個人差をまったく無視した形の中で、子どもを並べたり、区分けしたり、順番つけたりという、この構造自体がいじめの構造だと言ってまちがいないと思います。作意的に作られた動物園のサル山が自然界とはまったく違った構造になるのと同様に、今、理由なく寄せ集められた子どもたちが、その中でいろんな反応をしてるにすぎない。いじめも登校拒否も、不思議でもなんでもないことです。当然の現象だと思います。

■居住地域と年齢だけで雑に集められた、たとえば四十人を、なんとかとりまとめてゆく方法の一つに「みんな仲よし」というのがあります。クラス全員仲よし、学校全部仲よし。仲よし連合隊です。管理者側はこれを使います。ちょっと昔の文人が「仲善きことは美しき哉」とか色紙に書いたりしたので、とても管理の作戦だとは気がつきにくいのですが、仲よしというものは使い方によってはかなり危険です。

仲よしなのではなく、仲よくしなくてはいけないのです。確かに大人は子どもに仲よくしなさいと命令します。それも雑に集められた中でです。うまくゆくのはかなりまれです。大雑把な性格の子は大雑把に仲よくしますので、そう問題はありませんが、少しまじめな子は真剣に仲よしに向かって努力します。仲よくすべきだと考えるわけです。ほんとうの仲よしを求めるのです。大雑把ではいけないと考えるのです。でもなにしろ四十人です。その中にピッタリくる子がいる確率は非常に低い。

くーにおく
なかよしさんねえ〜
いいことオー

そしてみんな、なんとなく仲よしのおつき合い程度でなんとかやってゆきます。やってゆくよりほかはありません。そんな中で、まじめなつき合い下手の子がいじめの対象になります。だから、いじめられないように一所懸命つき合う努力をして、心身をすり減らします。

そのプロセスは管理者には見えません。見る気がないからです。事件が起こってもまだ見る気がありません。見る能力がありません。

■この辺にもお寿司屋さんが四軒ぐらいあって、うまいところもあればまずいところもあるし、儲《もう》かってるところもあれば暇なところもあります。もし、ぼくたちが法律で「三丁目の人は○○寿司へ、五丁目の人は△△寿司へ行く」と決められたら、寿司屋のオヤジはとりあえず商売安泰で喜ぶでしょうが、まずい△△寿司に指定された地域の人はつらい。こっそり三丁目の寿司屋に行ったら、「身分証明書見せてください」「あなたはダメです」なんか、言われちゃうわけです。ま、こんな法律、今の世の中ではあり得ません。

しかし、それを平気でやっているのが今の学校です。

■幼いぼくが瞬間に気がついたように、そもそも先生と子どもの関係はおかしな関係なのです。小学一年生のときのぼくのクラスの先生は、全然やる気がないお婆さんでした。かたや隣のクラスの先生は若くて、あっちこっちが盛り上がっている。だから「あっちのほうがいいなあ」と思って、そっちの先生についていこうとして怒られました。で、仕方なく元に戻るのですが、この人のところにいなきゃならない、この関係はなんだろうなあ、と幼心に悩みました。

大まちがいなのは、そういう先生は、子どもを絶対「お客さん」とは思ってないというところです。世の中の仕組みを公平に見れば、先生という職業は「子どもはお客さんだ」と考えるのが免れない立場だと思います。生徒がいなかったら先生は絶対に成り立たないんですから。読者あっての絵本作家というのと同じです。

■今、中学をやめて、予備校に通って高校を受けるという子がふえていますが、よくわかります。予備校ははじめっから商売という自覚がありますから、ちゃんと店とお客さんという関係が成り立っていて、スカートの丈がどうのこうの、髪の毛がどうのこうのなんて余計なことは言わないし、それなりに目的に合った密度の高い授業をやっているわけです。

それなのに、いまだ一般の学校というところは「幼い愚かな人々を導いてやる立場だ」と思っているわけです。構造的にはミッション、派遣主義とまったく同じです。あなたがたは物を知らない不幸な人々だから、学校という教会に行って、光を浴びて、まともな人間になって、祝福されなさいという図式。だから、先生はまさに「聖職」だと思っているのです。けっこう図々しいのです。

■もし、子どもに「この教室にいたくない子は外に出てよい」「担任と合わない場合は合う先生のところへ行ってよい」という自由が保障されれば、そういう先生はたちまち失業します。そうならないように、いろいろ手を打っているのです。「義務教育」は最後の砦ということです。学校とお寿司屋さんはけっして同じじゃないと言いたいわけです。でも、同じです。

■義務教育について触れた憲法第二六条ができたころは、まだ親の都合で売られたり、丁稚《でっち》に行かされたりする子どもがいっぱいいた、子どもにとってはかなりハードな時代で、あれはその防止のための措置法としての性格があったような

不遜ながら
幼い子らを
導いてゆくのが
わたくしの
使命かと
…!

気がします。同様に、親の勝手で婚姻させられてしまう子どもを守るために、結婚の自由についても盛り込まれたわけです。

■その二六条、変につっぱらかった文章ではありますが、よく読めば意味はわかります。「第一項　すべて国民は法律の定めるところにより、その能力に応じて等しく教育を受ける権利を有する。第二項　すべて国民は、法律の定めるところにより、その保護する子女に普通教育を受けさせる義務を負ふ。義務教育はこれを無償とする」。つまり、子どもが勉強したいときにはそいつの頭の程度によって、適当な教育を受ける権利がある、親はそれを無視しちゃいかん、それもタダだ、ってことです。おお、すばらしい。まったく子どもにとって大いなる味方、という法です。「権利を有する」のだから、施行しなくてもいいのです。義務は子どもにではなく大人にある、それも権利の施行を阻止しちゃいかんという義務（ここのところが、ちょっとあやしいんですが）なのです。

ところが、大人たちは憲法の本筋を無視して、「子どもは学校へ行く義務がある」と大胆にも勝手に解釈するのです。そんなこと、だれも言ってないし、どこにも書いてない。なのに、そう解釈したくてしょうがない。だから、しちゃったということです。ま、憲法違反といっていい。「義務を遂行させる」という形がうれしくてしょうがない、これはもう病気としか思えません。それゆえに、「登校拒否児」なんて言葉が出るわけです。ただ「学校へ行かない子ども、権利を行使しない子ども」というだけであるとは考えたくない、なにしろ義務を遂行しない悪い子ども、「登校義務拒否児」と見なしたいのです。事実、多くの大人が見なしています。

■驚くことに、学校の先生ばかりか、親の中にもそういう人がたくさんいます。学校に行かないということは反社会的な行為であって、社会からオミットされるぐらいに思っている。くじけない子、サボらない子、勤勉な子、お役に立つ子を育てるために、子どもを管理する。それはもう保護者じゃなくて、取締官、体制の出先機関です。そしてそれが憲法違反なのですから話はややこしい。なんとも不思議な話なのです。

■子どもが青い顔して「学校、行きたくない」と言っているのに、「行きなさい」と言う親の神経がわかりません。わが子がかわいくないのでしょうか。子どもっ

義翌よりは義毛理だろーが

てかなり正常ですから、その子どもが行きたくないと言うなら、その場所が異常だと思うのが普通の感覚です。この場合「どうして行きたくないの?」でなく「じゃあ、どこに行きたいの?」と聞くのが妥当です。

たとえば、子どもが「このおふろ、熱い」と言ってる。なのに大人は「熱くない、普通だ。肩まであったまりなさい」と言うわけです。「学校、行きなさい」というのは、このお風呂の入り方と似ています。我慢して入りなさいと、そこまでして子どもを熱いお風呂に入れたがる大人の、その目的はなんなのか、ほんとうによくわかりません。で、子どもは何を覚えるかというと、「お風呂はいやだ」ということを覚えるだけです。学校はいやだ、勉強はつらい、ということを覚えるだけです。

■ぼくの二人の娘は、上が高校のはじめ、下が中学の半ばで学校をやめました。ぼくは経験上、まずこの社会はほんとうのところ学歴で生きてゆく社会ではないし、この先さらにそのウエイトは軽くなってゆくのであろうし、学校というシステムが唯一無二の手立てではないことが実感としてよくわかっていましたし、かたや彼女たちもまたそんな親の子ですから「学校もある」ぐらいの人生で、その当人が「学校が合わない」って言ったのです。だから、ぼくはOKもへちまもなく、そのまま受け止めただけの感じで、とくになんの問題もありませんでした。今その娘たちもかなり大きくなって、そのまま明るくなんとかやっています。学校に行った影響も途中でやめた影響もほとんどなさそうです。どっちでもいいのよね、という気分に満ちています。

■下の娘の場合は、普通の授業はキャンセルしてましたが、お料理の時間なんかは好きで、しばらくときどき学校に行ってたようです。校長先生がごくまともな先生で、「あなた本人が健やかに日々を送ってる、勉強したいと言えば勉強できるような状態にいることを、われわれは見ている義務がありますので、たまに顔出してください」と、まったく憲法に即して正しく言ってくださったので、天気のいい日に限り、挨拶かたがた報告に行ってました。これはぼくも親として、君にはそうする義務がある、と言いました。そして、親が「うちの子はうちで明るくやってますし、それなりの学び方をしていますので、大丈夫です。ご安心ください」と教育委員会に届けておけば、何も問題ないのです。このこと、世の親の九九パーセントが知らないのです。先生でも知らない人がいます。

案の定、担任の先生は「私の立場が」とか「ほかの生徒に示しがつかないので、病欠扱いにしてくれ」とか、変なこと言ってました。たぶん、娘が真っ赤な髪して駅前でシンナーなんか吸ってると、不登校即不良ということで「やっぱりね」という感じでよかったんでしょうが、なにしろ彼女は明るくて美しくて、ポニーテールなびかせながら自転車に乗ってパン買いに行ったりしてるから、まずかったようです。で、不登校は認めるが、授業時間中は学校のそばを通らないでほしいと言われました。世間づき合いも大変です。

■この歳になってつくづく、人生というのは自分の居場所を探すことなんだなあと思います。ぼくもずっと探してきたような気がするし、自分の子どもたちを見ていても、それ以上にそういう気がするのです。その居場所をパワフルに自分で見つけられる子もいれば、ちょっとパワーが足りなくて見つけられない子もいるはずです。でも、やっぱりあてがいぶちの居場所はダメです。居場所はどんなことをしてでも自分で見出すしかありません。そして子どもたちが自分の居場所を見つけることについて、大人が必要なときにどれだけ手を貸してやれるかが勝負なんだろうと思います。

「ぼくはどうも学校に合わないみたいだなあ」と気楽な主体性を持っている子どもは、なんの問題もなく、すたこらさっさと逃げ出して、楽しく自由にやっています。新しい居場所を探しているわけです。そんな子ども、このところ、わりあいよく見かけます。

■人生半ばになって、学ぶことの楽しさや価値をはじめて見出したという人によく出会います。いろいろな形で、学んでいる人、三十代、四十代の人にかなり多く見ます。そしてその多くの人がそれぞれのニュアンスをもって、おしなべていわゆる学校の不毛を口にします。

■新しい形の学校がずいぶん出現しています。それこそ自主的に入学してくる人々のための学校。ぼくがときどき呼ばれて特別講義なんかをやらせてもらうのは、たとえば絵本の学校、色彩学校、あるいは編集者学校などといったものです。ほかにもいろいろな学ぶシステムができています。やや遅きに失した感はありますが、まだまだ間に合う。いやむしろこれからだという気合いに満ちています。そんな類の学校、昼間働いている人が夜集うという形が主で、それは先生、講師

あなたの
自由は
みとめるワ
でも
みんなの
手前・・・

もまた同じなのです。皆それぞれの必要があって学ぶのです。いい感じです。ですから、そういう場ではぼくもわりあい張り切って喋ります。ま、気合いを入れても内容はいつもくだらない話ですが。

どんなときでもわかったような顔をしたい大人たち

■フィギュア・スケートというもの、どう見てもスポーツ競技じゃないと思います。そもそもルールがあって、速さとか距離とかウエイトを競う、あるいは得点を競う、そういう絶対的なものの中で絶対的なものを競うのがスポーツ競技というものだと思います。

ところが、フィギュア・スケートにはなぜか「芸術点」というのがあって、伊藤みどりさんよりカテリーナ・ビットさんのほうが芸術点がいいという結果になり、みどりさんもみどりさんファンも悔しいのです。それを昔ちょっとスケートやってた程度の、服装の趣味を見れば審美眼のなさが明らかな人々が、閉ざされた箱の中で審査するのです、たぶん。バランスがいいとか、コスチュームがまとまってるとか、あるいはそれこそ芸術的だったとかなかったとか……。いったいこれのどこが「スポーツ競技」なんだろうかと思います。

■同様に、スキーのジャンプ競技にも「飛型点」というのがあります。どう考えたって、一ミリでも遠くに飛んだほうが勝ちなのに、飛んでるときの形のいい悪いを審査する。じゃあ、顔つきの良し悪しや生まれの良し悪しなんかはどうするんでしょうか。

■ただし、ジャンプに関しては大革命がありました。飛型点がいい条件の一つに「二本のスキーがピッと揃っている」というのがあったらしいのですが、そんな形を守るより両足をV形に開いて浮力をつけたほうが遠くに飛べる、飛型点ではマイナスでも距離点でプラス、差し引きプラスであるという大発見をして、それを敢行した革命家がいたわけです。やってみたら、こっちのほうが意外と率がいい、安定していて危険度が少ないということがわかってきて、今ではこれが本流になっているようです。

ただ、今度はVはVでも「美しいV」が審査対象になるなんていう話が出てこないとも限りません。いずれにしても、飛型点自体がおかしいという議論はいまだに出てこないようです。これはもう少し楽しく見続けたいと思います。

■アートの楽しみが心と体にちっとも根づいてない人々が、なんでもかんでも審査する——一応スキーやスケートは大人の仲間うちでやってることだから、しょうがねえなあということでほっておくとして、こういう大人たちが子どもの世界で芸術教育を、などとなると、もう話がめちゃくちゃになってしまってちょっとほっておくわけにはゆきません。

たとえば、子どもが描く絵を使って、子どもの心を判断しようなどという「絵画児童心理学」。これはほんとうに悪い趣味です。大人がもし物事すべてを血液型と星占いで判断してたら、「おまえ、馬鹿か」って端的に言われるだろうに、それより程度の低いことを子どもに向かって平気でしているわけです。

たとえば、黒っぽい色、ダークな色で絵を描いてる子どもは「性格が暗い」なんて言われたりします。言ってるおまえのほうがよっぽどクラいよという感じです。

それから、小さい絵ばかり描く子は「神経質だ」、紙がこんなに大きいんだから、全体に行き渡るように描くのが望ましいなんて言います。

かと思えば、紙からはみ出すように描いてると、「元気があっていい」。激しく描きすぎて紙を破いたり、紙にブツブツ穴をあけたりすると、「この子は少し乱

よーするに
芸術なんだ

暴です」。いい加減にしなさいと言わざるを得ません。馬鹿だけならいいのですが、狡猾《こうかつ》です。

なぜなら、性格が暗いとか、神経質だとか、乱暴者だとか、いろいろと烙印《らくいん》を押し、問題視しておいて、今度はそれを「治しましょう」という商売につなげるからです。小さいものを描く子は神経質、つまりよくないから「大きいものを描かせましょう」。具体的には、太いクレヨンなんかで描かせたりするわけです。それでは当然細かい絵なんて描けませんから、おのずと大きくなって、「よかったですね」。

こんな馬鹿なこと、勝手にやっててよという感じですが、言われた母親たちがびっくりして鵜呑みにしてしまったりするので、馬鹿が固定化してしまいます。そして、なにはともあれ子どもが気の毒です。

■「子どもはまったく参加する気がないのに、無謀にも「絵画児童心理学」に参加させられてしまう。そこが大問題です。ふだん、ぼくたち、「エンゲル係数」なんて全然気にしないで生活してるのに、突然「収入に占める食費の割合が八〇パーセントとはなんと貧しいことか。さっそく改善するように」なんて言われてしまうのとおんなじです。そういう、こちらがOKも何もしていない方法に突如組み込まれてしまうという暴力の中で、子どもはまったく無力なわけです。ただの被験者なのです。落とし穴に落っこちてしまうわけです。

■ヨーロッパの美術館に行くと、模写している人がいたり、議論している人がいたり、子どもに絵の説明をしている親がいたりで、なんとなく騒がしい。コンサートが終わったあとのロビーでもティールームでも、そんなざわつきがあります。当然すべてを見たわけではありませんが、少ない体験からでもそんな印象があります。

ひるがえって、日本の美術館、音楽会、とくにクラシックというやつの音楽会は静かです。みんな「芸術に触れる」というプレッシャーの中で、牛のごとく羊のごとく見ている、聴いている。絵画や音楽に触れると、なんとなく芸術菌みたいなものが体について培養されるかもしれない、だから、なるべく菌を落とさないように身を固めている、といったふうです。

■僕が仕事場で流している音楽を聴いて「いいですね」と言う人がよくいるの

ですが、「お好きですか」と聞くと「いやあ、好きですけど、よくわからないんです」っていう答えが返ってくることがときどきあります。何がわからないかというと、どうやら曲名がわからない、作曲家がわからない、時代がわからない、ジャンルがわからない、ということらしい。べつに当てっこしてるわけでもないんですが。

たぶんそういう人、音楽にはそう興味がない人なんだと思います。べつに罪はありません。だけど、現代人たるもの、一応「音楽は好きです、興味はあります」と言っとかなくちゃいけない。バッハとモーツァルトとベートーヴェン、それにチャイコフスキーとビバルディぐらいは知っとかなくちゃいけない。美術なら、ダ・ヴィンチとルノワールとセザンヌとピカソぐらいは知っとかなくちゃいけない。そうしないと一般的ではないから、一応押さえておくという感じです。みんな「一応」の文化なのです。ですから、代表的なものだけダイジェストして覚えておく、それでおしまい。それ以上はとくにないのです。

■ そういうレベルの大人たちが子どもたちに向かうと、音楽を絵を「教える」ということになります。そういう方向で一般的に一応押さえておくという伝え方

趣味は
クラシック
音楽と
七宝焼き
なんです

になります。一般教養というやつです。で、その実際は、たとえば大人になって上司に年賀状を書くときに、ちょっと脇に絵を描くとシャレた人と思われるための器用な絵とか、あるいは宴会のときに一曲歌えて場を白けさせないための歌の能力とか、そんなことのための技術を教育してんのかなあと思うことがあります。そつなくやっていくサラリーマン社会の基礎能力の一部という感じです。

■NHKでよく工芸、料理、園芸といった趣味の講座みたいな番組がありますが、そういった番組のありようを少し意識的に見ていますと、この国の文化のスタイルというものが自ずと見えてくるような気がします。

たとえば「木彫入門」というのがありました。「今週は木彫を近代的にアレンジして、電気スタンドを作ってみましょう」というようなやつ。で、その道の先生が、胴体がメルヘンチックな人形になっていて、その上に電球がついてるようなのの作り方を延々説明するわけです。番組には必ず生徒がいて、「先生、この辺のカーブの彫り具合は、こんなものでいいでしょうか」「いや、もうちょっと深いほうがいいですね」なんてやるわけです。その理由は何かというと、それ、単に先生の好みなんです。それ以外どうもなさそうです。

■「俳句入門」などもかなり大胆で、応募作の字句を講師がどんどん替えてしまったりして、結果、句想まで変わってしまうことさえあり、けっこうあきれます。まあ応募するやつも悪いけれど、いずれにしろ講師絶対の世界です。

■講師が言ったとおりに作らせる。そのやり方を大胆に押し進めてゆくのに便利な、「すべては模倣から始まる」という言い方があります。この世界、最初は真似して覚えてゆく部分も確かにありますが、その講師たちが言っているのはそういうことではない。彼らが意識している、していないにかかわらず、模倣というのは自分を守るための手段なのです。模倣されている限り、自分が抜かれることはとりあえずないわけです。講師優位を保つ、なかなかいい言い回しなのです。

■それをさらに押し進めたのが、茶道・華道です。柔道も同じ「道」ですけれど、これはいかに先生に権威があっても、生徒が強くなれば投げられてしまうという厳しい現実があります。ところが、茶道・華道は投げられませんから、安心です。そして、はじめから名前をもらって看板を出す以外に、生徒、弟子も興味のない世界ですから、どんよりとしたまま続いてゆきます。けっして追い越せない、狭い一車線の道という感じです。かくして、本来の「茶を淹《い》れる」「花を生ける」ということとはまったく関係ない世界になってしまっています。

■ぼくはときどき抹茶を点《た》てて飲みます。なにしろインスタントです。茶筅《ちゃせん》でシャカシャカ、なかなか楽しく、かつラクなお茶です。お客さんのときもときどきやりますが、何流なんですかと聞かれるのがちょっとつらい。シャレで答える元気もなくなります。

■花を生けるなんていうのも、ほんとにおもしろい作業です。いろいろやってみて、ハズしたりハマったり。よその庭先やそこいらの花や葉や枝先をちょっといただいて……というのが最上です。花屋で買うのはちょっと悔しい。なんとなく、はじめから負けという感じがします。そしてときどき人の生けたのを見て「こいつ、ただもんじゃない」なんていうのがあったりする、かなり豊かな世界です。そんなときでも、「あ、○○流だ」なんてことにはなりません。そんなのが出たら、とたんに貧しくなってしまいます。

そんな世界で、名前もらって弟子がどうのこうのなんて、どう考えてもおかし

ま、
伝統の
美
というような
ことでしょーか
・・・

なことです。先輩についていって、やがて自分も弟子をとる身になるという身分制度が好きな人がほんとうに多いのでしょう。「文化のねずみ講」みたいなものです。子どもたちにはなるべく隠したい文化です。

■伝統と型の中でしか盛り上がれない国なのかもしれません。それがあれば安心して盛り上がれるということです。伝統的なお祭りなら、かなり無謀な盛り上がりでも警察は目をつむりますが、新規のロックフェスティバルなんてものには厳しく対処します。

このあいだ物のはずみで、ある流派の華道の展覧会を見るハメになったのでしたが、かなり無謀でした。ビルの中の会場にはでっかい流木があったり、砂の山があったりして、それこそ高価そうな枝やら花やら葉やらが生け放題、飾り放題で、どんよりと図々しく盛り上がっていました。ま、はっきり言って下品です。でも、もちろん警察は取り締まりません。自然保護団体も無頓着です。なにしろ伝統と型があるから安心なのです。だれも文句言わないのです。文化っていやだなあと思います。あとは国税局に期待するしかありません。

■美術・芸術の学校では、いまだに石膏デッサンをやっています。ずっとブルータスやミロのヴィーナスやバルザックです。ずっとヨーロッパの古典です。あれ、ほんとうにつまらない。ぼく、メチャクチャに下手でした。なにしろ凄い技術がいるのです。構図そのものから濃淡のつけ方、質感の出し方、そして定着糊のかけ方まで、けっこう熟練を要する技がいるのです。食パンの使い方なんていう不思議なものまであります。まったく一つのジャンルです。石膏木炭画という特殊な世界です。それを若人が揃ってやっている風景、かなり奇妙なものですが、それをクリアしない限り、絵画の世界には入れないと大人が言いますので、ガンバッているわけです。手引書があって予備校もあります。指導者も当然います。「これが基礎、これがアカデミック」というのが標語です。

努力してその特殊技術を身につけ、結果、芸術学校に合格したりすると、とりあえずめでたいのですが、あとがちょっと面倒になります。その技術、あまり今のところ需要がない。ずっと石膏ばかり描いていたので、ほかにあまり描きたいものが浮かばないなんていう体質になっていたりする。ちょっと困ります。そこで石膏木炭画のインストラクターになったりします。そこにアカデミックな需要がまだあるからです。

■日本画の大家でも洋画の重鎮でも、今、個人的にインタビューなどをしたら、「描きたいものを描け！」とか「心に浮かぶままに筆を走らせるのじゃ」なんて言うに決まっています。個人的にはです。でも全体的になると、いまだ石膏デッサンです。

とりあえず、心のままに（使ってて気持ち悪い言葉です……）好きなものを好きなように、できる範囲で描いて、なんとなく絵描き仕事をやっている人、ぼくの友人にもたくさんいますが、その人たち、概して石膏デッサン下手です。下手なの、ぼくだけじゃありません。

■いわゆる浮世の義理というやつで、企業スポンサーのついている葉書き絵コンクールの審査というのをやったことがありました。芸大の先生とか洋画家とか、趣味で絵を描く女優とか、美術評論家とかが審査員、加えてぼくというわけです。で、とりあえず一人五枚ずつ選ぼうということになって、千点以上の中から二十五、六点を選び出しました。これでめでたく審査は終わりだと思っていましたら、それからが大変。合評会を経て佳作十点、優秀賞三点、大賞一点を選ぶというわけです。みなさん、とてもまじめで熱心です。で、その前に、各審査員が各五点

ま、基本に忠実に と
いうところかな…

を選び出した理由についてコメントする、なんてことになって、芸大の先生は「主に構図の確かさ、おもしろさを基準に……」なんて言うし、女優は「ほんとに絵って素敵ですねえ」とかなんとか訳のわからないことを言うし、評論家に至っては「時代の……」なんてやるものですから、ぼくはだんだん焦ってきてしまって、つい思わず「二千円以内だったら、おれ、買うな、と思えるやつを五点選んだ。予算は計一万円」なんて、ほんとうに思ってたことを言ってしまいました。会場が一瞬シーンとしました。それからあと、ぼくに話しかけてくれる人が少なかった。淋しかった。

■歪《ゆが》んだような絵を見ると「ピカソだ」なんてすぐ言います。大人がですよ。ピカソをあんまり見ない人が言います。ベートーヴェンというと、ジャジャジャジャーンだと言います。大人がです。歪んだような描き方をした一連の作品はパブロ・ピカソの仕事の一部です。『運命』はベートーヴェンのほんのほんのスペシャルな一部です。ピアノ・ソナタ、弦楽合奏曲なんかのほうがはるかに多い。岡本太郎は「爆発」だと言い、松尾芭蕉は「かわずとびこむ水の音」だと言います。大人がです。言わなくてもいいのに言います。興味も想いもないのに言います。ちょっと不愉快です。

あ、ついでに、ほんのついでに言っておきますが、『みんなうんち』は五味太郎のほんの、ほんの一部です。どうぞよろしく。

他をおとしめても優位を保ちたい大人たち

動物園というところ、なんとなく嫌いです。絵本作家が動物園嫌いだなんて言うと、ちょっと怪訝《けげん》な顔されます。でも、好きじゃありません。動物園って、今の文化の現状を語るうえでまさにリトマス試験紙みたいな気がしています。

なにしろ見世物なんです、最初から。ロンドンの紳士淑女のお遊びだったんだそうです。アフリカあたりにいるおもしろい動物のうわさがあって、だんだん道筋ができてきて、業者がお金がとれるからと命がけでつかまえてくる。で、ショウアップして「レディース・アンド・ジェントルメン、今宵の見世物はかのライオンです」とやると、みんながオーッとどよめく。次にはダチョウがきて、ワニがきて。やがて、それをまとめて動物「園」という形にしたら人気が出てきて、みんなが見に行くようになった、ということらしい。うん、たぶん、そうだったに違いありません。それなら納得がいきます。その気分なら、ぼく、さほ

ど嫌いじゃありません。

■でも、今さら動物園じゃないと思います。もう見世物を楽しんでいる時代じゃないと思います。と言うと必ず、動物園は役に立つ、「動物園学」なんていう話を持ち出す人がいますが、それは言い訳というものです。

■動物を食べる一方で、ペットにしてかわいがる。そういう動物と人間の関係というのはずうっと昔からあったわけです。これは正しいとかまちがってるという話じゃなくて、とりあえずやってきた事実です。いろいろな種類、品数揃えてるほうがいい肉屋さんで、うさぎの肉だって売ってるところもあるし、その一方で動物園にもうさぎがいる。正しい、まちがっているなんて話ははじめからないのです。

ところが、なぜか子どもに向かうと、これが「正しい」話一本になるから、いやなのです。おじさんとおばさんは動物に相談もなく、興味本位で集めてしまいました。けっこう金もかかりました。ちょっと冷静に余裕をもって考えると、とても動物にとっては気の毒なんだけど、なにしろおもしろいので、みんなも見ち

わるい ニワトリさんは
やきとりに されちゃうのよ

ゃいましょう、というレベルの話のはずです。「自然と触れ合ったり」「命の尊さを感じたり」する次元の場所ではないのです。

■タイのバンコクでしたか、蛇の研究所というのがあって、血清を作るために毒を抜かれたキングコブラなんてやつが施設のあちらこちらでぼんやり休んでいるのを、観光客がついでに見物しているなんてところがありましたが、ま、動物園もこの程度がいいと思います。

■食肉用の牛とか豚などが放し飼いにされている牧場などというところは、かなりいい動物園だと思います。はじめから図式がはっきりしている。それこそウソがありません。

でも、散歩のついでに立ち寄った幼稚園の園児の前では、なぜか先生、「まあ、かわいい牛の赤ちゃんがいますね」なんて言ってしまいます。「ねえ、ここにいるうし、どうすんの」なんて質問が出ないことを祈るばかりです。

■絵本『うさこちゃん』シリーズの売れ行きがフランスでは今一つだと作者の

ディック・ブルーナ氏が嘆いていました。フランスではうさぎ、食料ですからね。

■ボリショイ・サーカスを観て、ぼくの娘たちは泣いていました。もちろんぼくは喜ばせるつもりで連れていったのですが、ぽろぽろ泣いているからドキッとしつつ、こいつらは正しいと思って、ぼくも泣きながらうれしく帰ってきたことがありました。

動物に縄つけて自転車に乗せてしまうサーカスって「いやだなあ」と思う子どもの感性は正しいと思います。

■こっち見ると煮干しや焼き魚がいて、あっちでは水槽があって金魚やメダカが泳いでたりする。子どもはかなり複雑な世界にいるわけです。「金魚は食べられるのかな」と考える子のほうがノーマルだし、「活きづくり」はどう考えてもアブノーマルなわけです。「活きがいい魚」というのは変だ、「死にがいい」というのが正解と言った人がいます。ほんとに正解です。いや、もう少し正確に言えば、「殺しがいい」ということです。

鑑賞魚であり、なおかつ食用魚、そして「地球にともに生きる命」。その区分

学名は Salvelinus fontinalis
塩焼きがうまい…

けはどこでやるんでしょう。難しい問題です。

■博物館かどこかでミイラを見た男の子が、あとで食卓に干物が出たときに、じいっと見て「魚のミイラなんだね」ってしみじみしてたんだって。ほんとうに正しい。食卓の会話にふさわしい話題です。

■この世にはいい草と悪い草があることを草とりのときに学びます。これは抜いちゃダメ、これは抜いていいなんて差は子どもにはなかなかわかりません。勤勉なぼくはチューリップの芽も抜いてしまって、すごく叱られました。そのとき先生が、ぼくが抜いたチューリップの芽を手にとって「……かわいそうに……」と呟いたので「ほかの草だってかわいそうだ……」とぼくは思って、かわいそうでした。

■人間は多くの矛盾の中で生きている、この矛盾に満ちた社会はそれゆえにおもしろい、と言うしかないのです。動物園は子どもが動物についての理解を深めるのに役立つ楽しいところ、なんて言い方をいつまでもしていないほうがいいと思います。矛盾をそのまま見せる「矛盾動物園」に改めるべきです。すでに子どもが感じていることに沿って、大人が修正すべきです。もし単純に動物に興味があれば、今の時代、完全に映像の世界ですむことですし、本物を見たい人はみんなアフリカへ、アマゾンへ、ガラパゴスへ、北極へ、南極へ、見に行けばいい、行かなくちゃいけないんだろうなと思います。

■犬飼ってる人って、ぼく、あまり信用していません。犬をかわいがるという行為にとても未熟な感じを持ちます。飼い主がなんと言おうと、犬が弟子とか子分といった立場なのです。犬が言うとおりにすると飼い主は喜ぶのです。

意外と信用できるのが、イグアナなんか飼ってるやつです。イグアナには反応があまりありません。だから、飼ってる側も「家に居ていただいている」という気分が満ちていて、一所懸命ハエなんか捕ってきて尽くしてる人が多い。で、イグアナも「ホントはこんなところに居たくないんだ」という感じに満ちている。そのお互い、満ちている感じがわりあい快いのです。ひるがえって、一般に犬は「ボクはここに居たいんだよねー」という態度をするものですから、頭の悪い人がすぐその気になって「相互信頼関係がある」なんて言ってしまいます。でもそ

よ〜し よ〜し
いいこだ
かしこい
かしこい

のわりに首輪なんかつけてる。自己嫌悪に陥らないのかなあと思います。ときどき自己嫌悪に陥っている犬は見かけますが。

■犬好きの人は、えてして子ども好きなんです。同様に、教育熱心な人に子ども好きが多い。わかりますか、この図式。つまり、犬のレベルと同じ子どもが好きということです。そういう人は、自分に素直に従わない、子どもらしくない子どもは「子ども」とは認めないタイプです。

■やぎを教室で飼って、当番を決めて、みんなで世話をして、日誌をつけて、というような話、よく聞きます。うさぎのことも、にわとりのこともあります。ジュゴンというのはあまり聞きません。

けっして悪いことではありません。でもこういうこと、最後のところで必ず何かしらのデッチ上げをしなくてはならなくなるので、どうもぼくは好きになれません。わざわざ言うのもはばかられますが、それこそ、やぎのほんとうのところの気持ちというやつです。「やぎさん、よかったね」も「やぎさん、ありがとう」も、どうしても一方的なデッチ上げです。大人が仕掛けて子どもに演じさせるデ

はーい　やぎさんですよーお
こんにちはあ

ッチ上げです。

■ぼくは、とくに「子ども好き」ではありません。人間が仕方なく好きです。動物もけっこう好きです。万一事故に遭って死ぬなら、愚かな人間の車に轢《ひ》かれるよりは、クマに食われるとか、びっしり蟻《あり》にたかられるとか、錦ヘビに絞められるほうがいいです。「向こうにも事情はあるな」ということで、あきらめがつく気がします。

■人間の中にも気が合うやつがたくさんいる。それが女性だったり男性だったり、子どもだったり爺さん婆さんだったりするということです。とくに婆さん好きということはありません。気の合う人がたまたま婆さんだったということがけっこうあるということです。

■『ジョーズ』なんて映画を見ていると、ぼく、いつもなんとなくジョーズ側を応援してしまいます。でも、どうもハリウッド映画って動物側が最後にはやられてしまいます。だから、ときどき「人食いドラが人食った」なんてニュースを聞くと、とてもうれしい。なんか自然という感じがします。「宇宙からの侵略者」というのもやっぱり同じです。

■人間はいい、人間はすばらしい、人間は立派だということを子どもに説明するのに、大人はなぜこれほど動物を使うのか。使わなければできないのかとあきれることが多々あります。

たとえば、小学校の教科書に「人間は意志を伝えるために言葉を使います。くさむらに穴があいていれば、人間なら友だちに『そこに穴があるよ』と言葉で伝えることができます。でもサルはキャッキャッとしか言えないので、友だちは穴に落ちてしまいます」なんて文章が平気で載ります。

人間、言葉が話せてよかったね、というわけなんでしょう。結局、動物は馬鹿だもんねって。

■お茶碗からじかに食べるのを「犬食い」と呼びます。犬はだらしないからねって。食べてからすぐ横になると「牛になっちゃうよ」なんて言います。「そんなことしたら動物以下だ」なんてことも。よく言うよ、という感じ。

おや おや
へびさん
手も足も
でませんねぇ

■パンツを頭にかぶってしまったり、シャツをはいてしまったり、靴を耳にはめてしまったりして、そのたびに、違う違うパンツははくもの、シャツは着るもの、靴ははくものと延々とやって、なんとか一応正常に身につけて、では行ってきまーすという絵本があります。主人公はなんとクマです。違う違うと言うのは、つまり読者である人間の子どもです。サーカスで自転車に乗せられるクマ以上、みじめなクマです。こういう絵本を見ていると、ほんとうに人間っていやだなあと思います。

■パンツをはくのがいやな子がお尻を出したまんま表へ出かけていって、動物さんたちにはシッポがあるとかないとか大騒ぎして、結局ようやくパンツをはくなんて絵本もあります。たかだかパンツ一つで動物総動員でご苦労なことです。で、この絵本も、クマの絵本も「しつけ絵本」という売れ筋ジャンルの本です。ぼくもいっぱい描こうかしら。

■裏にどんな理論や学説があるのかはよく知りませんが、「幼児の知育教育」なんてもの、驚くほどひどいものです。

この間、その種のＴＶ番組で、二種類のお菓子を八個ずつ対応させて子どもの前に並べているやつがありました。片方はねじったキャンディーで、片方は四角いキャラメル。で、「さあヒロコちゃん、どっちが多いかな」なんて、大人が聞きます。「おんなじ」。その次に、四角いキャラメルを全部ピッとくっつけてしまって「今度はどっちが多い？」「アメ」。そこで、パッと画面が替わって、「これは具体的認知なんとかかんとか段階です、子どもが混乱して理解できなくなってしまう段階です」なんて、くだんの大人がやるんです。

ヒロコちゃん、気の毒です。どう見たってアメのほうが多いわけです、机の上を占めてる面積が。ヒロコちゃんは数の話なんかしてないのに、大人と番組が勝手に数の話をしてるわけです。いかにも「ほら、幼児は愚かでしょ」という感じ。「ゴリラは棒で叩くことはできますが、背中は掻《か》けません」というのとおんなじです。大人は児童教育の専門家です。

■ヨーロッパから入ってきた近代教育の理念というものは、どうも獣から人間になるための教育という感じがします。〇〇段階という区切りで分けていったりするやり方は、このままだったら動物だ、そこから一歩でも出るためにはどうす

ちろちろ
第三期
と
いうこと
みる

るか、ということのために必要なんだろうと思います。

でも、ぼく個人の実感としてはそういう人間性と動物性の対立でがんばってきた感じ、あまりなかったような気がします。だからお前、今も獣のままなんだよと言われたらそれまでですが、獣からの脱出概念、ことにこの風土にはその気配、とても薄いような気がします。

■たとえば、平面にじかに食べ物をのせるよりお茶碗に入れたほうが食べやすいと、やっぱり縄文時代の人も思ったと思います。たぶん縄文の世界にももう飼い犬ぐらいいたでしょうが、あいつらが皿で食ってないから差をつけるために我々は皿を作ろうと思ったとは思えません。そんな複雑なこと、この風土の人、考えなかったと思います。食べてるうちに、もっとまとまったほうがいいなとか汁気の多いものはそのままだと流れちゃって食べにくいねとか、そういうことで器ができていっただけの話で、そこには動物との対立概念なんかなかったはずです。

■多くの人が単純に「原始人は頭が悪い」と思っています。そんな映画、よくあります。ま、コミック系ですが。原始人はすべからく「オオウ、ウウー」と言ってたと思っているわけです。

ぼくの予想では、今以上喋っていたと思います。言葉を使うレベルはかなり違ってただろうけれど、今の人よりも不自由な言語を使っていたとはどうしても思えません。言ってみれば、言葉がもっともっと重要だった気がします。今のほうがむしろ言葉のパワーが落ちてると考えるほうが合理的です。

でも、現代人は言葉だけでなく、すべてにわたって原始人の実力を過小評価したがります。自分たちが立派になってきたことをなんとか証明したいからです。現代人は自らの過去も差別の対象にします。救いがたいやつらです。

■ イルカに熱中する人、どうみてもイルカ以下だと思います。そういう人にもおつき合いできる能力、性質がイルカにあるという証明にはなっているとは思います。

■ 動物園の位置について、いろいろ考えるのは意義深いことだと思っています。歴史の修正というような視点で、です。極端な話、戦争責任とか植民地問題などと同じ根っこの問題だと思っています。で、少しでもこの動物と人間という歴史的問題が修正されれば、それにともなって、かなりいろんなものが融《と》け始めるのではないか、そんな期待があります。

いつもそわそわと世間を気にする大人たち

■日本人もひと昔前は、もっといろんな人がいたと思います。うちで酒ばっかり呑んでるお母さんがいたり、頭おかしくなってるおじさんがいたり、子どももいろんなのがいて、あのころのほうがよっぽどおもしろかった、と女優の北林谷栄さんがおっしゃっていました。ところが今は、社会における平均的なパターンという中で、みんなが汲々《きゅうきゅう》としているようです。「平均地獄」という感じです。「ゴールデンウィークに家族揃ってどこにも行かないこの家は変わってる」とか「年に一度ぐらいは海外旅行しなくちゃ」とか「学校ぐらい出ておかなければ並じゃない」とか、まったく変な物の言い方がまかり通ります。で、それをだれが言ったのかと聞いたところで、答えは返ってはきません。そしてよせばいいのに、国民平均貯蓄高だとか平均年収だとかを公が発表したりするのです。その結果、ちょっと変わっている人、普通じゃない人なんていうのが発生します。

■三十歳すぎて結婚しない女の人を、女は二十代で結婚するものだという平均に照らしあわせて、ちょっと変わった人と言います。昼間家でブラブラしている男を、男は昼間働きに行くものだという平均に基づいて、ダメな男とか言います。学校に行かない子もその類の言い方で括《くく》られます。そしてみんな、そう言われないようにがんばります。

■「人それぞれの事情がある」ということを、これほど無視する社会も珍しい。また、人それぞれの事情を社会の事情にすぐ置き換える人がこれほど多い社会もまた珍しい、そんな気がしています。

■ぼくが住んでいるところの近くに、祝日には必ず日の丸の旗を出す家があります。遊びに来た知り合いがそれを見て「時代錯誤もハナハダしいね」と言いました。ぼくは国旗・国歌といったものの概念が希薄で、さらに祝日という概念もまた希薄ですから、日の丸の旗には興味があまりありません。でもそれは旗を揚げる人の事情ですから、他人が口出しする問題ではないなと思いました。で、思ってるだけだったらよかったのですが言ってしまったので、元左翼系のその知人と議論になって三十分ばかり時間を損しました。

■校長が国旗を揚げる、国歌を歌わすとがんばったっていいと思います。そういうやつなんです。文部省の通達を守る人なんでしょう。あるいは当人も好きなんでしょう。歌わせたりするのが好きなんでしょう。芸者さんに踊らせたり、家人にメシ作らせたりするのがいい人なんでしょう。べつにつき合わなくてもいいではありませんか。よほど気に入らないという人がいたら、行かなければいいのですから。

■国旗問題でも学校問題でも、それこそ「問題」にして闘っている大人、よくいます。国旗掲揚、国歌斉唱を強要するのは違憲である、というような方向の闘いです。そういった闘い、強要する側と同じ次元の意識だと思います。子どもに国旗を尊重させる、国歌を歌わせる、いや尊重させない、歌わせないという、闘いをさせるさせないの肯定否定の差はありますが、使役の助動詞「せる」の部分はまったく変わっていないわけです。両陣営とも、はなっから子ども不在なのです。社会を自分流にリードしたい大人がいるばかりです。

とくに意味はありませんヨ
誤解されちゃ
こまるなー

■将棋でもチェスでも、王様は王様、桂馬は桂馬の駒の動きが決まっています。そういう感じが、よい社会だとする歴史がすごく長く続いた国なんだと思います。桂馬は桂馬の立場で、きちんとふさわしい動きをする。同様に、主人は仕事して、奥さんは家庭を守って、子どもは将来のために勉強するという図。一番は一番の、二番は二番の、そしてクリーンナップはクリーンナップのそれぞれの役割があるという野球観、かなりこの国では根深いものがあります。

■そして、その将棋盤なり野球なりの全体の配置を上から見下ろしてるやつがいるのです。その人のことを「世間様」と言います。つまり、世間様が俯瞰《ふかん》で見てるんです。で、その世間様に文句つけられないように役割をこなすのが人生なのです。

■なぜ日本でベンツがこれだけ売れるのか、ドイツの本社はよくわからなかったそうです。でも、日本の代理店のセールスマンに聞いたら、「いやあ、簡単ですよ。三軒先にベンツが入れば『うちもベンツ』ですよ」って。つまり、ベンツを持つことがステータスという感覚が、日本にはまだ単純にあるのです。「世間様」より一ランク下の「世間体」が活躍する場です。

■「世間様」「世間体」の下が「世間並み」というやつです。たとえば結婚式にしても、武道館借り切っちゃうやつはなかなかいません。ま、世間並みに「○○殿」とか「○○園」とか「○○記念館」で、という心配りです。世間並みに行きたい、でもできればちょっと頭が出たいという精神構造。世間並みよりちょっとユニークに、というつもりの人々の予約でいっぱいのハワイの教会とか。そういうわけのわからないものにさいなまれている大人たち、そして子どもたちという、不思議な国です。

■「世間様に申し訳ない」「世間様に笑われる」というような言い方で自分を律する自己管理術みたいなもの、いったいどこからきているのでしょうか。「それじゃ世間が許さないぞ」「世間から笑われるようなことをするな」なんていう子ども管理術、これまたどこからくるのでしょうか。

■なんとなくそんなセリフ、仁侠映画などにはなじむような気がします。極道

世間さまに
申しわけない……

がはじめて世間というものの存在に気がついたというような場面ではそんなセリフ、ま、あってもいい。でも子どもはけっしてヤクザではありません。極道者でもありません。世間様とはじめから対立して生きているような立場ではありません。

■大人の縄張りに入ってくるなら仁義を切ってほしいと大人は子どもに対して思っているのかもしれません。そしてすべての子どもはチンピラだと考えているのかもしれません。家庭も学校もそれぞれ小さな組で、親はそれこそ親分、子どもはそれこそ子分、校長が組長で先生は兄貴分といったヤクザ的気分なのかもしれません。で、組を追われたものは無宿者になります。

■文部省なりを原点とした、広域○○集団としての学校組織という風景が、ちょっと見えます。国旗を揚げたい、揚げなくてはいけない校長の立場というのも、その風景からは納得がゆきます。

■「世間様に笑われたことのある人、手をあげてください」と問いかけたことがありました。大学の学園祭の講演会に呼ばれたときのことです。若者みんな、身に覚えはないと言っていました。親はよく「世間様に笑われないように」と言ってる、とも言っていました。

■親の安心する、あるいは喜ぶ顔が見たかったので結婚しました、という不思議なことを言う人にときどき出会います。で、あなたはどうだったのですかと聞くと、相手のこと、それほどよくわからなかったんです……なんていう答えのときが多い。いい人だとは思ったんですけど……などとも言う。で、そのときはすでにトラブっているわけです。馬鹿かと思います。それに比べたら、親分の喜ぶ顔が見たくて鉄砲玉になったチンピラのほうが、同じ馬鹿でもトラブルが少ない。トラブルの質が単純ですみます。

■上司に叱られた、社長にほめられた、なんていう言い方を普通の大人が普通にしている社会です。ボーナス、報奨金制度の国です。

■こんなことを言ったり聞いたりすると恥ずかしいから……という人がかなり

くさみの
あせで
いいのよ

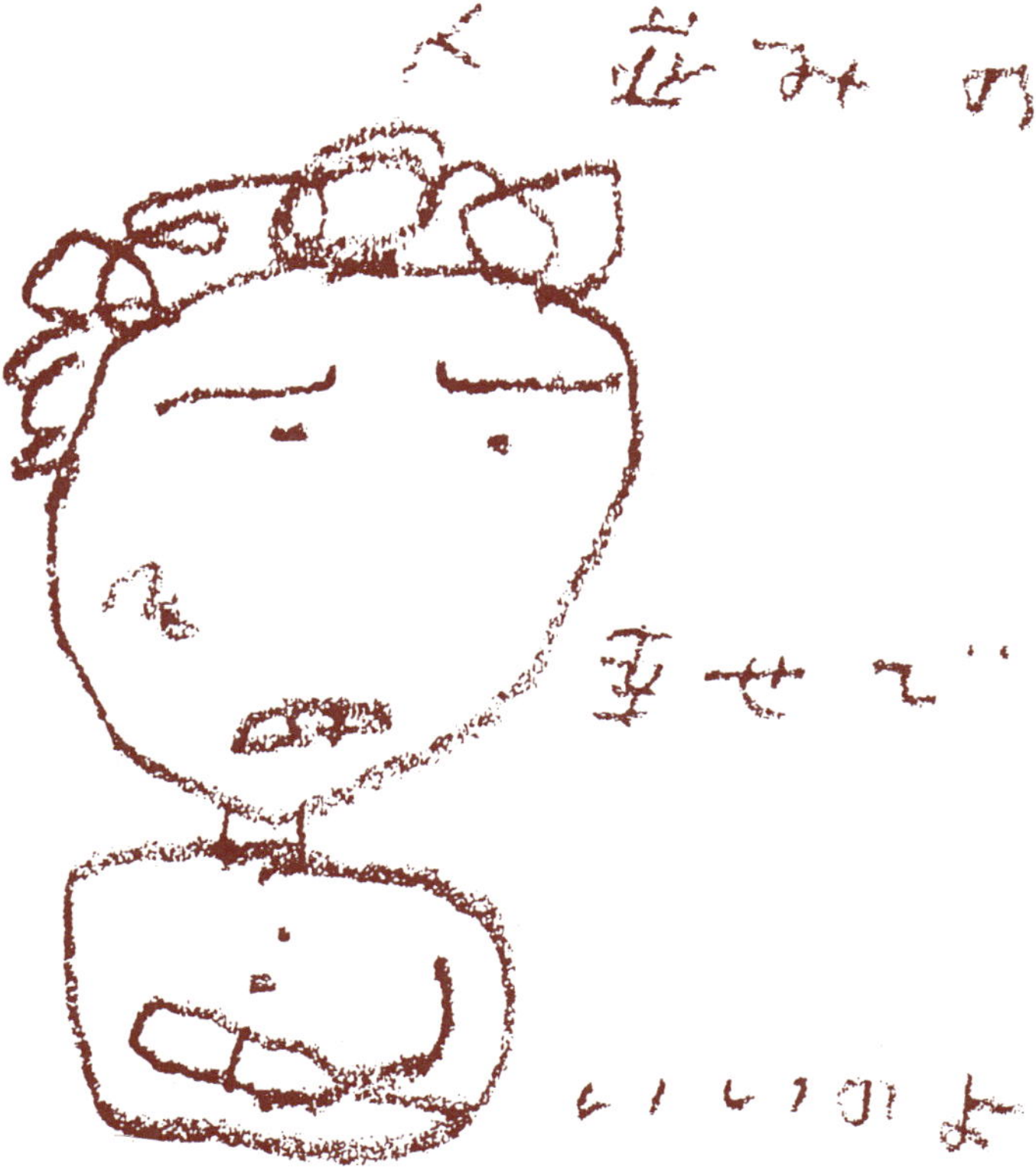

多いので、講演会などの後半の質疑応答、なかなか盛り上がりません。みんなの前では、ということです。でロビーで立ち話とか、サイン会でちょっと個人的に、なんてなると、みなさん、けっこう喋ります。かなり重要なことも言います。それ、なんでさっきみんなの前で言ってくれなかったんですかと残念なこと、よくあります。

■「私事で恐縮ですが……」とか「卑近な例でなんですが……」などという前置き句が日常です。で、実際はかなり私事と卑近に溢れているという感じの社会です。「私事で恐縮であるが」と前置きしておいたほうがよいのは小説、エッセイなどにはよくあります。卑近な例で総括してしまう評論は実際よく見ます。

■「うちの子は○○なのですが、それでいいんでしょうか……」というような質問、よくあります。○○には、家でばっかり遊んでいてちっとも外に出ないとか、全然勉強しないとか、あるいはとても異性に興味を持っているとか持ってないとか、そんなものが入ります。問題なのはその○○よりは、「それでいいんでしょうか」というところです。何が、どこに対して、どういう具合に、それでいいの

わたし
これなんですけどー
これでいーんでしよーか!?
「よくありませんよ」

か悪いのか、ほんとうにわかりにくい質問です。

■「うちの子はすぐ靴下を脱いじゃうんですけど、それでいいんでしょうか」「うちの娘は鏡ばかり見ているのですけれど、それでいいんでしょうか」「うちのパパはほとんど子どもと話さないのですが、それでいいんでしょうか」「うちのおばあちゃんはお経ばかり上げていますが、それでいいんでしょうか」「うちの息子は五味太郎絵本しか見ないのですが、それでいいんでしょうか」「わたしはイライラすると放火して歩くのですが、それでいいんでしょうか」……それはいけないとはっきり言えるのは最後の質問だけです。

■許諾を求めるのだと思います。許可が必要なんだろうと思います。つまり基本は禁止なのです。してはいけないことが多くあって、していいことが少しある。で、自分のしていることがしていいことなのかどうか、ちょっと心配だという図式なのでしょう。

■許可をもらったら安心します。許諾を得たら大いばりです。休日、祝日は許可のある休み日ですから、大いばりで休みますが、ほかの日はいくら調子悪くてもなかなか休みません。休めません。で、お医者さんが診断書を書いてくれれば、大いばりで休めます。さらに、病気なら安心して休めるので病気が長引きます。すべてお墨付きというやつです。

■肝硬変という病は、現代の医学医術では完全には治らないので、難病に指定されているそうです。ですから、難病手当が支給されます。そして肝臓機能が低下していますから、普通以上に栄養価の高い美味なものを食べなくてはいけないということで、難病手当で美食を続けているお婆さんがいます。かなりゆるぎのない安定豪華な人生です。

■夫婦別姓なんてことも、許可をもらわないとできない人がたくさんいます。自分で考えて自分でやればすむことです。

■夫の許可を得て働きに出たなんていう女性にときどき会います。夫が労働基準監督局みたいです。

オレの立場を考えた上で働いてくれ……

■無認可の託児所とか無許可の保育室なんてものがあります。字づらだけで判断すると、違法無法の暗黒街のヤミ商売のような印象があります。でも、その多くはごく良心的に機能しています。実際の必要をかなりカバーしています。そしてことごとくハードです。それは無認可、無許可ゆえに補助金、助成金の類が受けられないことが多いからです。

■ひるがえって、認可・許可を得た施設は地方自治体から補助金、助成金が確実にもらえます。それゆえに認可許可のための基準をクリアーします。保母さんの数、机・椅子のありよう、黒板・書棚・ロッカー等の設備、遊具・教具の範囲、水道の蛇口の数、はては便器の数まで、こと細かに決まっているそうです。厚生省が決めているそうです。その結果、ほとんどが同じようなものになります。

■創造力と個性と感性に乏しい施設に限って、子どもの創造力と個性と感性を大切にした保育、なんてキャッチコピーをかかげます。総合幼稚園案内なんていう雑誌を見てつくづく思いました。

■許可・認可に汲々としているがゆえに、もしできることならば許可・認可する側になりたいものだと内々に考えているのが大人というものです。ですから、ちょっとでもその立場になったやつはその立場を目一杯使います。楽しく使います。小さな食堂などを厳しくチェックする保健所職員とか、改造車の検査にはとのほか時間をかける陸運局の役人とか、この世の中でよく見かけます。

■ちょっとした書類の不備ではじめからやり直し、また出直しなんていう経験、一般人にはしょっちゅうです。でもみんな、あまり怒りません。ぼくはすぐ怒るので、話が余計にややこしくなります。

■ぼくの父親が死んだとき、ごく豊かにごく安らかに家族が見守っていたのですが、残念ながら許可を得ている人が一人も立ち会っていませんでした。死亡を確認する資格を持っている人ということです。ですから法律上、彼は変死です。少し変人ではありましたが、ごく自然死でした。だれが認める認めない以前に当人が十分に認めているのです。なにしろごく穏やかに死んでいるのですから。でも、ダメなのです。埋葬許可証が出ないのです。死体の行き場がないのです。で、不本意ながら（当人はそう気にしている様子は見受けられませんでしたが……）、検死、法定解剖などという下司な段取りを経て、めでたく仏様に相成ったというわけです。今後死ぬ予定のおありの方、心しておいてください。この世の中、死ぬのにも許可がいります。

よせばいいのに いろいろと教えたがる 大人たち

■「しつけ」という言葉を正確に解釈すると、「社会人化させること」という意味です。「躾」という字はたぶん小笠原流あたりの一派が作った希望的ヴィジョンに溢れる国字でしょう。あれは「美しい」という旁《つくり》でごまかしています。字を変えたほうがいい。身篇に「世間」の「世」を書いて「⿰身世」という字にするのが正当です。現状では。

■赤ちゃんはだれも、飲み方を教えなくてもおっぱい飲んでるし、そのうちコップで飲みはじめます。おしっこもうんちも、大人になって洩《も》らしてるやつなんてあまりいません。もしいたら、別の問題です。すべてまさに自然のなりゆき、それを楽しく、穏やかに「お手伝いする」ぐらいなつき合い方で十分やっていけるはずです。「しつけ」なんて、本来的にはあってないような作業です。

■文字などにしても、いつのまにか読んで、書いているものです。最初のうちは左右逆に書いたりしながら、そのうちみんなの真似して、ちゃんと書けるようになる。漢字だって知らない字が出てくると「読みたいなあ」という気持ちが当然段階的に出てくる。それはその子に「この漢字は自分が知らない字だ」という見分けがつく能力がすでに備わってるからにほかなりません。そしてその能力、だれがつけたわけでもありません。

それを、当人にその気がないうちから、学習、学習という形で能力をアップしてやろうとしたって絶対無理です。ご当人が不自由とは思ってないんですから。赤ちゃんが「早くかたいもの、噛みたいなあ」とは思ってないだろうし、「早く微分積分やりたいなあ」とうずうずしている一年生ってのもまずいないでしょう。その「準備がない」「やる気がない」のが罪だったら、歯がはえてないのは赤ちゃんの罪です。

■子どもはほっといても育ってゆく、段階的に少しずつ進んでゆく、そういうことにこの生物はなっている、ということがどうしても信じられない人は、この際、子どもとつき合うのはやめて、犬とかオットセイに芸をしこむほうに回ったほうがいいと思います。それなりの効果も上がるし、上がらない場合は業者に引き取らせればいいんですから。

今はやりの早期教育ってまったくそんな感じです。

■脳障害による先天的な自閉症は別として、いわゆる自閉傾向的な状態はほとんどのケースが「大人が作った病気」だということが、最近わかってきているそうです。自閉傾向の子どもはいわゆるＩＱが高いんだそうです。ＩＱが高いというのは、平たく言えばいろいろなことがすぐわかる、それゆえに趣味がはっきりしている、好き嫌いがきちっとしてるということ。こういう傾向は新生児どころか胎児のころからあるのだそうです。胎児にも趣味があるんです。だから、母体を通して変な振動がしたり、親が喧嘩したりして、いやな感じが伝わると、ギュッと体を閉じたりするんだそうです。ちょっと切ない感じです。

■「胎教にはモーツァルトがいい」なんていういい加減な育児雑誌の記事を読んで鵜呑《うの》みにした母親が、一日ＣＤをかけていたりします。運よく、モーツァルトのあのリズム、あのメロディーが赤ちゃんの趣味に合えばめでたいのだけれど、

うちの子に
限って
そん事

当然親子でも趣味が違う場合がありますし、第一それは母親のほんとうの趣味でもないわけですから、はじめっから母体のほうもギクシャクしているわけです。で、胎児はもちろん、赤ちゃんだってCD替えるわけにはゆかないし、ボリューム下げるわけにもゆかないから、むずかるよりほかない。と、母親はそのむずかりの意味がわからないので、さらにボリュームを上げたりするわけです。モーツァルトが足りないから、むずかるのに違いないなんて思ったりして。

■趣味が合わないからむずかる、でもその信号が通じない場合どうするかというと、耳を閉じるしかない。閉じるといっても手でふさぐことはできないから――これが恐ろしいのですが、耳の中の聴覚神経を閉じてゆくのだそうです。あるいは鼓膜の振動を止めてゆくのだそうです。この辺のディテールはまだそう詳しくはわかっていないらしいけれど、ともかく感覚機能を閉じてゆくそうです。確かにそれしか手はありません。そしてそういうクセがついてくると、外から来るあらゆるものに対して、閉じるクセがつく。極端な話、たとえば栄養が来ても拒絶してしまう。さらに外に対して閉じるだけではなく、自分からすすんでは出さなくなる。だから、喋らなくなる、飲み込まなくなる。これらが相乗して、生命体そのものの質になって、結果、脳障害がなくとも後天的に自閉傾向を持った子になってしまうこともあるのだそうです。ですから、そういう子に関しては、とりあえず親から離せば快方に向かうという調査結果も出ているそうで、これはまちがいなく親が作る病気なんです。

■学習はなにしろ疑問が起こったところからね、と言うと、今度は「疑問をもちなさい」と言い出す、これまた余計な教育があるのです。

たとえば森に行って、さあカブト虫を見ましょう、かと思えば海に行って、波はどこから起こるんだろう、空はなぜ青いんだろうか、虹はなぜ出るんだろうか。そんなこと、みんなで行って、わざわざ考えることじゃありません。団体で起こる疑問でもありますまい。

疑問を持って学習して答えを導く、つまり、真実の追求をする、そういうことを大人はすごくイージーに言います。それをただのんべんだらりとずっと繰り返していて、一応学んでいるという形でお茶を濁しているうちに、それこそここいちばん考えなくてはいけないことについて、もうすっかり弱くなってしまっていて、結果、低迷しているのが今の世の中です。地震が起こったんだから、すぐ助けに行かなくちゃいけないのに、その段取りを会議なんかしてるわけです。丁寧に。疑問、学習、解答のスタイルは崩さずに。「緊急出動に関する専門家会議」なんていって。

■初期のころの学習というものは単に無駄なだけではなくて、むしろ害があると思っています。人間には「これ、なんだろう?」と思う権利があります。当然、義務ではありません。びっくりする権利、どきっとする権利、おもしろいなと思う権利。そういうものが何もないうちから、おしべとめしべがどうのこうのとか、地球は丸いんですよ、なんて教えないでくれ、と思います。ね、興味深いでしょ、ほうら、驚いたでしょ、なんて軽くやらないでほしいと思います。「教わりたくないものは教わらないでいられる権利」が、すべて国民は法の定めるところにより、等しくあるように思います。あればいいのにな、と思います。

■「クジラは魚ではありません。哺乳動物です」というようなレベルでの教え方、教えられ方って困ります。あえて言うなら、「クジラは動物分類上、哺乳動物に分類されます」と丁寧にやらなくてはいけません。そうでないと、チビが「クジ

おやおや ふしぎだなー

どーなって いるのか な?

ラはおおきいさかな」なんて言うと、ちょっと生意気な兄貴が「馬鹿だな、おまえ。クジラはさかなじゃない」なんて言い出して、ケンカになります。「こいつ、クジラはさかなだと思ってんだよ、ママ」「クジラはさかなだよね、ママ」と二人に迫られたママはチビの頭を撫《な》でながら、上の兄貴に向かって、「そのうちわかるようになるわよ……」なんてやるものですから、チビはますます混乱します。

■先生は算数の授業を始める前に「みんな、足し算知りたいですか」と聞く必要がある気がします。よくわからないって子どもが言ったら、「とりあえず説明すると、こんなもんですけど、次に進んでいいですか」というぐらいな礼儀正しさがあっていい。それを突然「3＋8＝11です」、はい、次は生物、「おなかの中には、大腸があって小腸があって……」。そんなこと、とりあえず知らなくても生きてゆけるのに、知らなくちゃいけないという前提で提示される足し算、大腸小腸はかなりつらいものがあります。知りたくなったら知ればいい、知りたいのにわからなければ、どんどん自分で学んでいって、ついには、杉田玄白みたいになって、『解体新書』まで行くなんて迫力、今の「とりあえずなんでも教えておく」体制では、なかなか期待ができません。

■書く気がないのに作文や感想文を書かせるのもまた無礼なことです。遠足であろうが学芸会であろうが、その感動を文章にしたためる人って、かなり変わった人です。雨なんか降ってるときに手帳を出して一句詠む、なんて人もけっこうユニークです。それをおしなべてみんながやったら、これは気持ち悪い。

運動会や遠足があって、ある子どもは文章を書くという形で押さえる、ある子どもは絵を描くという形で押さえるというのが、いわゆる個性というやつです。とても楽しかったから、それゆえケロッと忘れて「次、行こう」というタイプの子もいます。このほうがけっこう多そうです。でも、そういう子も結局はつき合って作文を書かされる。で、無理無理「きのう運動会でぼくは三着でした。来年はがんばろう」とか「ケーブルカーが昇ってゆくのがおもしろかったです」なんて、しょうもないことを書く。それでも書くことを思いつけないで苦しんでる子に、教師は「なんかあるだろう、なんか。よく思い出してごらん」なんて言います。この「しょうがないから書く」という作業を五、六回でもやらされたら、「文章ってめんどくせえなあ」と思うのが当然です。課題図書の感想文なんか書いてたら、「読むのも書くのもカッタルイなあ」って、絶対思うようになります。もったいないことです。

いこと‥
心にうかんだ ことを
素直に
かくの
よー

■大人は感動が好きです。比較的感動が少ない人生を歩んでいる人に、なぜか「感動好き」が多い。そしてその類の人、「子どもに感動を与える」ことを好みます。しかし、その場合の「感動」というやつ、わりと類型的です。それこそガンバッて成し遂げたとか、耐えぬいたなんてやつです。「厚い人情」とか「正義をつらぬく」なんてものもちょっと入ります。一所懸命より一生懸命と書いてしまう人です。

■しかし、その「感動」というもの、少し人生を丁寧に味わってみるなら、そう類型的に扱えるものではないということがすぐにわかります。どんなときに、どんなところで、どんな形で襲ってくるのか、皆目見当がつかないというのが感動というものです。それに、いい悪いもおかまいなし、なにしろ感動してしまうものであって、さあ感動しましょうなんて代物ではないのです。

でも現実は、はじめっから感動を期待する気持ち悪いものに溢れています。さあ感動しましょうと平気でやります。高校野球もオリンピックでさえもそんな気配です。感動が売り物の商売です。本も演劇も映画も、「感動の輪がひろがる……」「あなたにもこの感動を！」なんてキャッチコピーに包まれています。感動の安売り。そのスタートのあたりに、類型的な感動を安易に期待する子どもの周辺の文化があります。

■「一杯のかけ蕎麦《そば》」という、それこそ感動の輪がひろがったというお話がありました。実話だそうです。親子だったか兄弟だったか、なにしろ三人がお蕎麦屋さんに入って、お金がないからかけ蕎麦一杯を頼んで三人で分けて食べた。その事情を察した蕎麦屋の主人が少し大盛りにして出した、なんていう話だったと思います。人情物です。親子愛か兄弟愛か、あるいはまた主人愛かどうかは知りませんが、そのもたれ合いの愛の前で、一杯のかけ蕎麦を注文して三人が椅子を占拠することの是非などという問題はすっ飛んでしまいます。感動のためなら無礼講という形です(この場合、どうしても三人で一杯ということなら、まず一人が入って三分の一を食べ、次の人に交替、次の人が入って三分の一、そして残りをもう一人が、というのが正しい。その出入りのわずらわしさはとりあえず黙認するというのが、ご主人の器量です。蕎麦の量なんか変えてはいけません。あ、つゆの三分割がけっこう難しいという問題は、ちょっとあります)。

こども
たちに
感動を
与えて
やり
たい!

■大人は子どもに向かうとなぜかみな卒業生、OBみたいな態度をとります。評論家みたいになってしまう人もいます。で、そういう人がよせばいいのに「性教育」なんてものを持ち出すと、とても奇妙なものになります。持ち出された子どもたちにはその必然性がよくわかりません。持ち出すほうは卒業生で評論家ですから、リアリティが希薄です。ですから「お互いの人格を認め合って、いつくしみ合い……」なんて間抜けなことを言ってしまいます。で、先生、実際はどーなんですか、なんて質問がきたら、「それはさておき、ま、一般論として……」なんて、言わざるを得ない状況になります。「お互いの人格を認め合って、いつくしみ合い……」なんて、こんなところで、遅ればせながら出てくるべき言葉ではありません。はなからそれを無視されつづけてきた子どもたちに、今さら、言っても始まりません。

■一般論的、評論的性教育は、とりあえずリアリティがありませんので、子どもたちには当然うけません。そこで大人は仕方なく次のステップに進まざるを得なくなってしまいます。核心に触れなくてはいけなくなります。で、突然、性行為教育になります。一応リアリティをもつ覚悟で臨みます。でもたいていは、メルヘンチックなとぼけたイラストとかぬいぐるみ人形なんかを持ち出すのが関の山で、リアリティ表現の最適手段と思われる写真などはけっして使いません。そういった目的のための写真とポルノグラフィとの差が大人自身が明確にわかってはいませんので使えません。思い切って持ち出すリアリティといえばコンドームどまりです。

■連続性をもって具体的に考えてみればすぐわかることです。ある人とある所でパッと目が合ったとたん、なんかふわっとして、「まずい」と思ったり「イケる」と思ったりして、ちょっと暗いから手を握ってみた。で、二人で喫茶店に入って喋って、帰りぎわに思わず「君が好きだ」とかなんとか言ってしまいました、なんてこと、どう考えても子どもに説明するようなレベルの話ではありません。この恋愛というか、わけのわかんない感情をどう伝えればいいんでしょう。そのあと三回ぐらい会って、もういいだろうと思って、ガバッとやってしまいました、これを教育化できるんでしょうか。

正しい恋愛というのは、仲人あっての恋愛とか言うんでしょうか。それでもやっぱり最後のガバッていう瞬間が説明できません。そのときに殴られたとか引《ひ》っ掻《か》かれたとか、「やめてください、こんなところで」とか「結婚してからにして」なんて言われたとか、こんな馬鹿なことでいちいち苦労している、ま、それなりにやってきた、やってくるよりほかになかった大人が何を性教育しようと思っているのでしょうか。

■ そもそも「わかった」人間が「わからない」人間に教えていくという今の教育の構造が、全部まちがってるんだと思います。たとえば、文学をやってきた人間が「わたしはもう文学のことがわかった」、絵を描いてきた人間が「絵がわかった」っていうなら、その人、もうおしまいです。

唯一あるのは、「わかりたい」子が「わかっていそうな」大人に聞くという構造です。それならまあ、性教育もなんとか成り立つのではないかと思います。

たとえば、女の子を見てドキッとする、あの男の子が横通っただけでドキッとする、これはいったいなんだろう、四六時中あいつのこと考えてるこの気分、なんかおかしいのかなあ、って。で、その子が耐え切れなくなって大人に聞いたときに、「そういうことって、わたしも昔ありました」という、そのひと言で少し前進できる。そういう苦しさとか不思議さとか、わけのわからない感じというの

思いきってやるわ!!
わたし

も、一般的にはあるということを知るのは、それなりにありがたいことです。

その子は、その心のもやもやや、体のもやもやについて意識している。「わかりたいな」と思っている。そういう学びたい、知りたいという、その子の必然ができてきたときに、はじめて「教育」というものが、現象としては成り立つのだろうと思います。

そのときにいちばん必要なのは「わかっている」人ではなくて、現役でやっている人、つまり今でも「わかろうとしている人」です。「人生、そこらあたりが問題なんだよね」と問題を世代を超えて共有できる人。そのことをいまだそれなりにやってる人間、音楽やってる人間、絵やってる人間、文芸やってる人間、そして人生やってる人間が、学びたいと思った子どもには教材になるなと思います。教材は常に「いい教材」ばかりの必要もありません。
■ぼくは子どもをとらえるときに、「新人」「ルーキー」という言葉でとらえるのが好きです。彼ら新人、ルーキーをずっと見ていると、なんかとても楽しいのです。自分もそうだったんだけど、「こいつ、これから何をするんだろうか」という感じの楽しさ。あるいは「いつ化けるかな」という一種の緊張感。そういう見方、とらえ方、つき合い方、この社会にはあまりにも少ない気がします。

新しい人間、ルーキーが次々に出てくる一方で、お爺さんお婆さんはだんだん往生していく、その自然の流動がスムーズに行けばいいんです。大事なのは、その流れを阻害しないこと、それだけだとぼくは思います。

それにしても勉強が足りない大人たち

■数とか量とか順番の概念の理解の仕方は、それこそ個々の感性によってアプローチも違ってきます。量的なものがすごく把握しやすい子もいれば、幾何学的なアプローチだとすぐわかってしまう子もいる。掛け算のときに、碁盤《ごばん》の目の縦×横の面積でいくと、ごくわかりやすいという子もいますし、碁盤の目を出されただけでぼうっとしちゃう子もいます。「2×4」というより、「2＋2＋2＋2」のほうがわかりやすい子、これもまたクセです。「整体」の世界では体のクセ、体癖というものを重視します。クセそのものが個性です。学びの方法にもそんな視点が必要だと思います。

■掛け算より割り算を先にやったほうがわかりやすいという子もいます。よくケーキなんかを放射状に八個とか十二個に切って上手に分けたりする、ま、仕切り型の子なんでしょうか。一つずつ足してゆくほうが得意な子には、カップケー

キのほうが扱いやすいような気がします。

数学を扱ったアメリカの絵本に、カップケーキが人数分より一つ足りない、さあどうしましょ、そこで主人公の女の子、わたし、カップケーキ・アレルギーだからパス、そうすれば、ほら、みんな一つずつ、なんてのがありました。

算数にアレルギーが突然出てくるところが立派です。こんな教材使っていると、算数アレルギーはかなり減ります。

■麻雀の計算だと、もの凄く速いやつがいます。こいつの頭どうなってんだ、と感心してしまうほどの鮮やかさを見せます。でも、ちょっと違う場面ではまったく遅かったりする。要は金なんだということは明らかです。

■科目別にして、それぞれ純化して、各々の精度を高めた教育をしようとした気持ち、わからなくもありませんが、今それがそのまま、子どもにとってうまく機能しているようには見えません。いまだに「まさおさんがミカンを七つ、あきこさんが五つ食べました。全部でいくつでしょう」なんて問題があるのです。一応、算数です。ま、足し算の文章題です。で、まさおさん、あきこさん、という名前が最近あんまりはやらないというのは、ま、この際ちょっと脇に置くとして、ミカン七つも食べるなよ、というのはあります。一読して気になります。でも、なにしろ算数なのです。7＋5以外に気を散らしてはいけないのです。科目別は子どもの感性をも科目別化することを強要します。

■兄が徒歩で家を出発して、その何分か後に弟は自転車で出発して、それぞれ駅に向かう。駅までの距離は○キロメートル。兄の歩く速度は時速○キロメートル、弟の自転車の速度は時速○キロメートルとする。弟が兄に追いつくのは駅の何メートル手前でしょうか、なんて問題がありました。もちろん算数、いや数学Iかもしれません。それを読んだとたんに、「なんで兄貴が先に家を出ちゃうんだ。なんで弟を待ってやれないんだよ。兄弟だろうが」と怒った人がいました。「別々に駅に何しに行くんだろう」と訝《いぶか》しがったやつもいました。そういう人、概して算数が苦手です。でも、いい人です。で、そのうち必要があれば、たぶんなんとかその問題もこなす人々です。

■数字で足し算をやるとなかなかわかりにくいけれど、言葉の足し算なら興味

そんな細かいこと
べつにどこでもいいじゃないですか
子どもの勉強なんですから

ある、という子もかなりいます。「白＋クマ＝白クマ」とか「きのう＋おととい＝さきおととい」、じゃあ「きのう＋あした」っていうと、プラスマイナスゼロで「きょう」とか、そんな感じ。「昨日＋今日＋明日＝イタリア映画」なんてのはちょっと上級生です。「男＋女＝赤ちゃん」なんて馬鹿なことを言うやつは、とっとと卒業させます。

■いや、そういうのはあくまでも国語であって算数ではない、と算数科の専任教師から文句が出ます。こういった縄張り争いのおかげで、子どもの頭の中は祭りの夜店みたいに内容が今一つ高まりません。

■恐竜やガンダムみたいなのが好きな男の子って、みんなひらがなより先にカタカナから覚えてしまいます。ステゴザウルスとかプテラノドンとか、なんとかビームとか。カタカナは直線的だから書くのにもけっこうラクという面もあるのでしょう。

いずれにしても、まずひらがな、次にカタカナ、そして漢字という順番、あまり意味がありません。なにしろ個人の中で、たとえば恐竜のように何かが核になってその子が動き出すと、それにふさわしい字、言葉などというものがついでに動き出すのだろうと思われます。それを愚かな親は「この子は一生カタカナしか読めないんじゃないだろうか」とか「まだ三歳なのに漢字が読めてしまったこの子は天才か」などと大騒ぎするわけです。

■「学年配当漢字」という、不思議なものがあります。一年生で出てくる漢字、二年生で出てくる漢字というやつです。文部省初等科は、あくまで目安です、けっして強制ではありません、と言いますが、現場の先生はそのまま受けとめます。ですから「えん足」とか「かい水よく」みたいな表記が生じます。「遠」と「海」と「浴」はまだ習っていないから使えない、使ってはいけない、というわけです。山田くんはわりあい早目から「山田」くんですが、遠山さんはしばらく「とお山」さん、遠藤くんなんて、だいぶあとまで「えんどう」くんでいなくてはなりません。

■諸隈素衛くんという友だちがいました。モロクマモトモリくんと読みます。小学校四年生のときに九州のほうから転校してきました。十歳の諸隈素衛くんです。凄いんです。何がって、すべてにわたって凄いんです。文武両道プラス絵も上手だし歌もうまい。それにこの男、いいやつなんです。親切な人です。そのパーフェクトさゆえにやや子どもっぽさに欠けるという難点はありましたが、そんなことは問題ではない。とくに漢字の知識は抜群で、「山下丈夫くんのタケオは、ジョウブとも読むんだよ」と言ったので、ぼくはかなり感動したのを今でも覚えています。かなり尊敬していました。そして、その知識の素は、あの諸隈素衛という凄い漢字名を背負って生まれ出たところにあるに違いない、それがすべての核になっているのだろうと思えました。その点では五味太郎、少し弱いようでした。諸隈くん、かなり出世したといううわさです。

■子どもの本にはなにしろ「ひらがな」と、何も考えず、ただ編集されたであろう科学系の絵本に「うちゅうこうせんはちきゅうのちひょうめんにもふりそそぎます」という文章がありました。電報ではありません。「シンロウシンプノゴタコウヲイノリ……」ではなく、本の文章です。漢字で書けば「宇宙光線は地球の地表面にも……」ということです。でも漢字は子どもには難しいから、ひらがなにしたのです。そういうことになってるから、そうしたのでしょう。で、子ど

漢字は 大人の字
なのよー
山

も用の本になったつもりでいるわけです。

この類、この世界にはかなり多い。翻訳物で「こうしゃくのやかたをおとずれますと、しつじがむかえて……」とか「ゆうかんなわかものがまじょののろいを……」なんていう表記をよく見ます。もうほとんど差別語の世界です。子どもにはひらがなというレベルの漢字用法差別です。

■「宇宙光線」「地表面」「侯爵」「執事」「勇敢」の概念の問題です。「執事」は用務員でもないし、秘書でもないし、門番でもないし、下男下僕でもないし、まして羊ではない。まさにあの「執事」だから執事なんであって、けっして「しつじ」ではないのです。それこそ、ひらがなにひらけばいいというものではありません。読もうと意気込んでいる子にとって失礼です。
もし、それでもなお子どもの本にはひらがなだと言うなら、それこそひらがな表記にふさわしい言葉を懸命に捜し出す必要があります。そのためには平安のころまで遡《さかのぼ》って、ひらがな感覚を磨く必要に迫られるでしょう。

■漢字的表現には漢字を使えばいいのです。ルビをふるという手はちょっとしたサポートにはなります。でも「呪《のろ》い」とふったところで、やっぱりわかりませんから「のろいってなあに」と子どもは聞きます。読みたければ聞きます。すぐには聞かずに考えこむ子もいるでしょう。「うさぎさんより、かめさんのほうがのろい」の「のろい」とは何か違うなあ、などと考え巡らす達者なガキもいるかもしれません。いずれにしてもいい感じです。そのゴタゴタが実は読むということなのですから。

■で、問題は聞かれた大人のほうです。「のろいってなあに」と素直に聞かれて、さあ、なんと答えるか。「えーと、うーん、のろうのよ。つまり幽霊みたいなのよ。たたりじゃあ、ってやるようなことさ。ま、そんな感じね」ではちょっとだらしないけれど、一般人としてはその程度でかなり上等な大人です。即、「怨みのある人に禍があるようにと神仏に祈ることです」（註・『広辞苑』より丸写し）なんて言うのは、大人でもスペシャルな大人で、こういう人は一応一目は置かれますが、あまり一般受けしません。

■たとえば本を読むということに関しても、重要なところを抜き書きしながら

ま、それは
いちおうの目安ということ
ですよ

読んでゆくタイプ、本を全部読んでみて感じたものがふと残るタイプ、逆にあることを感じたのを証明するために本を読むタイプ、本は読まないで物事を考えるタイプ、読んでも考えないタイプ、否定を前提にして読むタイプ、読まないけれど書棚に並べておくタイプ……。

本を読むということでさえ、これほど多種多様なスタイルがあるのですから、もう少し間口を広げた「学び方」などというものを考えたら、それこそ限りなくそのスタイルは広がってしまうはずなのですが。

■日本語学校の校長を永いこと務められたN先生から、いろいろな風土の人々に一つのスタイルで日本語を教えるのはほとんど不可能です、というお話を伺ったことがあります。

なにしろその日本語学校には世界のあらゆるところから人が集まっているわけですが、ヨーロッパ、アメリカ系の人は、習ったらすぐに実践的に使ってみる学習方法を好むそうです。そうしないと学んでいるような気がしないらしい。

かたや、イスラーム圏の人々はひたすら唱えるのが好みらしい。N先生に言わせると「コーランの影響かしら……」ということになるのですが、何はともかく

「キョウハ　イイ　テンキデス、キョウハ　イイ　テンキ　デス……」と唱えると学んだ感じが出るらしいのです。実際そうして学ぶ人が多いのだそうです。

そして、とにかく書き写す文化圏の人がいます。書いて、読んで、ちょっと発音して、また書いてというスタイル。中国、韓国、そしてどうやら我々のスタイルです。

これはもう良い悪いの問題ではない。なにしろ風土的なクセなのだということをN先生はややあきらめ顔でおっしゃっていました。

■机と椅子があって、黒板があって、その前に生身の人間がいて、その人間がこちらに向かって教えるという今の学校の形、これ、学びの場としていかがなものでしょうか。
ぼくの予想では、その形がとっても合ってるという人は十人に一人ぐらいじゃないかと思います。ほかの九人はその形、あんまり合っていない。でも、ほかに何もないので、とりあえず今の形の学校に通っているというのが、十人のうち九人だと思います。

黒板あってこの教師だ…

■先生がいらっしゃる前に、教科書とノートと筆記用具をきちんと並べて静かに座って待っている、といったような美しい女の子、そういえば覚えがあります。学級委員の副委員長に選ばれたりする子です。学校という形がとても合っているタイプです。物静かなわりには、したたかな子です。

■講演会の会場で準備の人から「黒板お使いになりますか」なんて聞かれることがときどきあります。え、なんのために、とこちらがちょっととまどいます。黒板があって先生がいるという風景、みなさん、わりあい好きなようです。

■ノートなさる人もけっこう多い。でも何はともかく、ぼくの話です。「今の、ウソですよ」とか「冗談だよ」なんて言ってあげなくてはいけません。すると「今のはウソ」「冗談」なんて書き込みます。

■学んでいる形が好きなのでしょう。で、それが即、学ぶのが好きとはならないところに問題があります。

■黒板と筆記用具と先生という三点セット以外に、学びの方法が思いつかないわけです。黒板がＴＶに替わっても、その構造は変わりません。ほかに思いつきません。マルチメディアでどうのこうのと言ったところで、教壇に先生、その後ろに黒板というスタイルです。白墨がフェルト・ペンになったりするだけです。

■レクチャーという言葉に「叱る」という意味があることを最近知りました。講義する、説諭《せつゆ》する、そして叱る、というわけです。腑《ふ》に落ちました。

■すでに書きましたが、「絵本の読み聞かせ」というものが嫌いです。ただなんとなく嫌いだったのですが、それはどうやら目上の者が目下の者へレクチャーする、説法するというニュアンスが「読み聞かせ」という言葉にあるからなんだと思います。偉そうに……という感じがあるからです。

■先生の言うこと書くことをそのまま聞いてそのまま写す、いわゆる生徒という立場も情けないと思います。生徒という形でサボっていると言われても仕方ありません。

■学校というものがこんなにたくさんあって、学びというものがほんとうに少ないというのが現状のようです。学校というものに学びの形を代表させて安心しきっていたツケが回っているのです。

■学校を否定する若者に学びの人が数多くいるのは、わりあい自然のなりゆきだと思えます。学びたければ学校ではありません。学校にいると学べません。それで否定し、出てゆきます。出された、やめさせられたという形のやつにも、ときどきそんな気配を感じることがあります。

真の学問・学究の場としては、日本の学校、ほんとうにお粗末です。本気に学びたいと思うと、なんとも中途半端です。本も満足に揃っていません。望遠鏡、顕微鏡なんていうもの、あってもほんのあてがいぶち、はじめから予算が足りません。このあたりになると急に貧しい気配が漂うのがこの国です。

■子どもにリコーダーなんかを使わせるなと怒っていたＪＡＺＺの友人がいました。あの笛、音を作るのがとても難しいものだそうです。ただ安いから使わせているに違いないのです。

ま、否定なさるのも いいでしょう
が しかし 学校は 不滅だよ
わたしは 信じますね

■学ぶということは豊かなことなんだという考えが大人にはありません。学んで、出世して、そのうちやがて豊かになる、程度の考えしかありません。むしろ学びは苦しくつらいものだ、そして貧しいものだという前提があるみたいです。蛍の光、窓の雪のままで、すっかり休んでいます。

■突然あわててコンピューターなどを揃えてもダメです。息ぬきの玩具になるのが関の山。なぜならカリキュラムは昔のままですから。先生の目を盗んでゲームをやるという構造、ちっとも変わりません。

■子どものためのコンピューター学習プログラムの制作に関する相談や依頼、ぼくのところへ山のように来ます。今までに二百件は下りません。でも残念ながら、先生、生徒、学校、学習の枠はほとんど出ていないものばかりです。で、ぼくがちょっとアイディアを出すと、その説明が大変です。それこそこの本一冊分を喋ることになります。

■地球は回っているということで大人はすっかり安心しています。ガリレオ・

ガリレイで証明済み、ということです。丸に済のハンコをついて、ハイ次、という感じです。つまりガリレオ・ガリレイ以前の人とまったく同じということです。そんな大人が新人のための学びの場を提供するなどということは無理なのです（地球は回っているということに関して、ぼくはまだちょっと何かあるなと睨んでいます）。

■社会のために学ぶということと、個人が学ぶということを、明快に分けてとらえる必要があります。そこがゴチャゴチャになってしまっていると思います。

■学校教育の中で、芸術というやつは扱わないほうがいいと思います。これはなにしろ個人の学びの権化みたいなジャンルです。個人があくまで個人でいられるか、いられないかが勝負どころなのです。そういうことが確かにあるということを、人が歴史の中で気づいたのです。教育的一般化を企てると必ず矛盾が生じます。

■ほとんど同一のフレーズが違う曲のあちらこちらに出てくるモーツァルトの

やり方について、教育的説明は無理です。モーツァルトは偉いからいいのですが、みなさんはなるべくやらないように……なんて調子になります。平山郁夫画伯の絵の価格についてはまったく教育的説明がつきません。

■子どもたちのために、社会で生きてゆくためのオリエンテーリングといったレベルの講習を効率よく行う必要があります。人間性を豊かに、といった余計なことは、この際わきに置いておき（いや、まったく片付けてしまったほうがよいのですが）、とりあえず、この世の中のありようといったもの、そこで生きてゆくための手段、技術、方法といったものを、できうる限り丁寧に伝え、学習してもらう（まさにもらうです）「初等社会学習センター」なんてものが、あちらこちらにあるのがベストです。その学習なら、ある程度義務化してもよろしかろうと思います。

■たとえば、お金ってどういう動きをしているのか、銀行とは何をするところなのか。なんでお年玉を預けておくとお金がふえるのか。利子がつくのか。賃金とは何か。料金はどのように決まるのか。賭博《とばく》ってどういうことか……これをわ

こどものくせに
調子にのるんじゃ
ないよ…

かりやすく子どもに説明する必要があります。賭博についての法律がある以上、説明しておかなくてはなりません。大人はしたくないだろうし、今すぐうまくはできないではあろうが、少なくとも努力する必要があります。

基本的に子どもに説明できないことはまちがいである、という考えがぼくにはあります。

■娘が作文に「うちのお父さんは仕事をしません」と書いたので、先生が心配してくれたことがありました。聞いてみたらネクタイしめて会社に行くのが仕事だと思っていて、お父さんはネクタイしめて出かけないから、仕事してないと思っていたんだそうです。ま、まともな仕事ということでしたら、していないのが正解ですが。

ですから、図解しました。出版社があって編集者がいて、お父さんが絵本を描いて見せると「いいですね」ってことになって、ま、ならないこともあるけど、なることもあって、印刷、できた本が本屋さんに並ぶ、みんなが買う。一冊千円なら、百円がうちの銀行に入る。印税一〇パーセント。十冊売れたら千円。そこからお金をおろして、ごはんの材料やスカートを買う……なんて具合に。本屋さんでは客が群がっているように図解しました。

その図をしばらく見ていた娘は、それ以来「絵、描いて」って頼みにこなくなりました。それから、図書館や本屋さんに行って調査するようになりました。そして、お父さんの絵本が売れてた、○○はあんまり読まれてないから、わたしが借りてあげた、なんて言うようになりました。お世話をかけました。

■子どもというのは「異邦人」だと思っています。この文化圏に最近やってきた異邦人という感じ。だから、この国の、あるいはこの風土のこと、なんにも知らないのは当然のことなのです。お雛様《ひなさま》のありようも並べ方も、鯉《こい》のぼりをあげる理由も、何も知らないわけです。知らなくて当たり前なのです。

同様に、横断歩道がいったい何かわからないのは当然です。つまり文化とは、簡単に言えば、その文化圏のやり方ということですから、それ以上には公ではないのです。公共の場で喫煙すると即、罰せられる、シンガポールの禁煙みたいな話です。

■「交通道徳」なんていう言葉がありますが、大まちがいです。道徳なんていう言葉を持ち出す話ではありません。それはこの社会が作った単なるルールの話です。所変わればルールも変わる、ぐらいのルールの話です。その内容についてはあまり考えずに、あなたがた異邦人も守ってください、というガイダンスが必要なばかりです。

■「横断歩道を渡りましょう」と言われて、言われるままにまじめに渡ってて車に轢《ひ》かれてしまった子どもって、ほんとに気の毒です。自分で普通の道を横断して、失敗して轢かれてしまった人より気の毒です。自分で失敗した人はそれなりの納得がありますが、「横断歩道で轢かれた」では、文化というやつに裏切られた気がするに違いありません。

ですから、横断歩道というのは命の保障のゾーンじゃない、横断歩道を渡るときも普通の道とおんなじように緊張しなくちゃいけない、なにしろあそこは信号の点滅で歩道になったり車道になったりするという不思議な空間で、一応安全の確率が高いということになっているわけで、そう信用しないでね、ぐらいは伝えておく必要があるのです。

ルールの本質をもっとオープンに伝えてゆく努力を担当者はすべきです。そし

子どもには
わかんないこと
あるのよ
…

てそれ以上の責任を背負い込むこともまた必要ないのです。あとはそれについて各自が責任もってやってゆくというのが原則です。

■子どもが質問にきたら、企業はそれなりにきちんと答える義務があるというのはどうでしょうか。納税の義務というのと同じ感じで。ま、一種の情報公開。必ず、パンフレットなり刷り物を用意しておいて、必要なら係員が答える。子どもにとってはそのパンフレットなりが教科書、参考書、あるいは図鑑の代わりになってしまうぐらいに充実したものがいい。必然的に係員さんは先生の立場というわけです。

デパートもスーパーも、自動車会社も電気メーカーも、もちろん製薬会社も軍事産業も、娯楽業も風俗業も、法人はすべからくその義務を負うというのがベストです。おせんべい屋さんも佃煮《つくだに》屋さんも用意しとかなくちゃいけない。「おせんべいの原料」とか「おせんべいの歴史」についてきちっと書いておく。「佃島の移り変わり」なんて上品なものを作っておくのもシャレています。

もちろん、ウソはいけません。捏造《ねつぞう》もいけませんし、隠匿《いんとく》はもっといけません。そのあたりのチェック、オンブズマン制にしましょう。それができるかどうかは、まさに大人の度胸、器量、そして正義の問題です。そしてなによりも大人自身が勉強しなくてはなりません。

いつのまにか人間をやめてしまった大人たち

■ある小学校の女の先生が、赤ちゃんができてお腹が大きくなってきました。そこで、「赤ちゃんを産みますから、一ヵ月後から産休させてもらいます」と、みんなに言ったとたん、教室に気合いが入ったそうです。三年生ぐらいの悪ガキがいっぱいいるようなクラスで、それまでは何かとごたごたしていたのですが、以来、クラスがふわーっと非常にまとまって、「先生にそんな重いもの、持たしちゃいけない」なんて率先して荷物持つやつ、座布団持ってきて「先生、どうぞ」なんて勧める子、「どけどけどけ」なんて言ってとりあえず先生を守るやつ、そんな感じが教室に満ちたということでした。みんな優しい。

それはその先生に、みんなが守ろうと思うような波動、魅力があったからなのでしょうが、それ以上に「赤ちゃんがくる」というような絶対的なものに対して、子どもはすぐに動くということなんだろうと思います。理論でもなんでもなく事実なのです。事実に対して子どもってまじめだし、そのまんま受けとめるのだと

思います。

だから、先生のこともまともに見てる。事実として見ているはずなのです。

■子どもは大人をただ「見ている」のだと思います。ぼくもかつてそうでしたから。大人の立派さを見ているわけでも、批判しようと厳しく見ているわけでもなく、ただそこに居るから見ているのです。結果、大人のバリエーションを見ていることになるのだと思います。ただ、今、大人のバリエーション、かなり少ないような気がします。すぐ飽きてしまうぐらい少ない気がします。

■若いころ、はじめてニューヨークに行ったとき、相当緊張してて夜寝られなくて、一人で起き出して町に出かけたことがありました。まず夜中も開いてるカフェがあることがそのときはかなり衝撃的だったんですが、そこでこわごわコーヒーを頼んだら、ちゃんと通じてコーヒーがきて「やったね」という感じでした。それでもまだ落ちつきませんでしたが、そのうちだんだん目が馴れてくると、いろんな人が好き勝手やってるのが見えてきた。

そのオープンカフェの中で、すっかりできあがってるやつ、眠ってるやつ、ずうっと喋ってるやつ、でっかいタイプライターでバシャバシャ原稿打ってる人、つまり、ずっとここで仕事している人。やがて夜が明けてきてバスが通り始めたら、通勤の人もいれば、今ごろ家に帰ってるみたいな人もいる。もう朝から交差点でわめいてるやつもいたり、ケンカしているのもいたり。

ここはすべて英語かと思ったら、スペイン語がある、フランス語がある、わかんない語があるという感じ。

そういうのを見ているうちに、だんだんラクになってきた。まだどこかで緊張はしているのだけれど、どこかでものすごくラクになってきた。それはたぶん「いろんなやつがいる」のを見たからだったのだろうと思います。この気分、ぼくにとってわりあい重要なものに、そのときからなっています。

■魚が穏やかなのは、たぶんいろんな魚に会うからなんじゃないかと思っています。でかいの、小さいの、シマシマ、水玉、ぼんやりしてるの、せわしないの、目の前で食われちゃうの、食っちゃうの。「こんなイワシになりましょう」みたいな基準がイワシ当人にないから、気楽なんだと思います。「できればいい丸干しになるように」なんていうプレッシャーも、食物連鎖がどうのこうのというの

わたしは
中年という
自覚をもって
正しく
やっている。

も、ないんだと思います。そして魚というやつ、死ぬまでたぶん魚という現役なんだろうと思います。

■ひるがえって、人間というやつは、わりあいあっさりと現役をやめてしまう。それ以前の区分が多すぎる。胎児から始まって新生児、乳児、幼児、児童、学童、生徒、学生、青年、成人、社会人、中年、中高年、高年、壮年、老人……ああ、ほんとうにめんどうくさいという感じです。で、乳児になれば新生児は卒業、学生になれば生徒は卒業、大人になれば子どもは卒業といった生き方になります。大人が集まってキャンプなどをするときにも「少年に戻ったような気分」でやらねばなりません。少年少女が恋すると「大人になったようにちょっと背伸びをしている」ような見方をされます。行動にも区分があるらしいのです。

■ワカシ・イナダ・ワラサ・ブリなどと名前をつけて、出世魚なんて呼びますが、ブリ当人はずっとブリ、とくに出世したとも、したいとも思っていないはずです。

■「かつて子どもであったことを忘れてしまった大人たち」などという表現があります。子どもも心がわかるわからない、あるいは単に昔が懐かしいというようなときに、ちょっと差別化をしたくて使う人が多いようです。細かい区分がありすぎるから、そんな表現が生まれます。ずっと一本つながっていれば、そんな言い方しなくても済みます。あえて言うなら「かつて人間であったことを忘れてしまった大人たち」というところでしょう。

■恋愛して結婚することを一生に一回、それが基本ということにしている、ま、倫理というようなもの、かなり異常です。そして相手にかくれて不倫、つまり不倫理をするというのもまた異常です。それにようやく気がついた大人、ぼくの周りにぼちぼち出はじめました。遅いんだよ、まったく。

■おしどり夫婦がどうのこうの、男は船で女は港がどうのこうのと結婚式の披露宴などでべらべらやっているオヤジ連中の多くは、いわゆる家庭内離婚状態です。

男が船なら
女は港…
いや めでたい
幸多がらんことを
…テヘ

■一夫一婦制の古典的な結婚状態が、わりあい穏やかにスムーズに継続するには、どちらか一方がかなりしたたかで賢い場合に限られるという調査があります。ぼくが調査したんですけれど。ほかは主従関係がはっきりと成り立っている場合、これもわりあい長持ちしますが、そういう状態、もうほとんど人間関係ではありませんので、調査の対象にはなりません。

■わかり合うことでつながるより、わかっていないことの認識でのつながりのほうが熱いと感じます。わかろうとする、わかりたいと思う意志のようなものが相互関係を熱くします。

■ぼくが中学校のころ、西部劇の漫画雑誌みたいなものをパラパラ見てたら、よくわからない英語があって、親父に聞いたことがありました。ぼくの父親は一応大学で英語を教えていた人でしたから、英語のことならなんでも知ってると思っていたわけです。ところが、「おれ、知らないな」と言われて、ちょっと唖然とした。ネイティブの人にもわからないスラングのようなものだったらしいのです。

でも、とってもうれしかった。親父にも知らない英語があるんだ、というのが新鮮でした。しかも、翌日の朝、食卓の上にメモが載っていて、ちょっとびっくりしました。夜中に調べておいてくれたらしいのです。そのとき、彼にとって英語というものが常に新たなんだということがよくわかりました。

■高校のときにも、そういう「現役」の教師がいました。ぼくが変な質問をしたら、その先生もわざわざ調べてきてくれたんです。廊下で呼び止められて――そのときにはぼくは質問したことすら忘れてたんですが、一所懸命説明してくれて、参考文献まで貸してくれました。そのとき、彼がとってもうれしそうだったのを覚えています。ぼくもつき合いがいいから、大変ためになったみたいな顔しながら、「やだな、こんな分厚い本読むの」と思ってたけど、その人のことはずうっと好きだったし、一目置いていました。

■真冬の早朝、ある用事で訪れた動物園のあちらこちらでいろいろな動物の糞から湯気がたちのぼっているのがあまりにも魅力的で、ぼくはうんこの本を描こうと思いました。結果『みんなうんち』という絵本になりました。そして多くは子どもたちから、たくさん手紙をもらうことになります。それこそいろいろな手紙です。でも共通しているのは「実は自分もうんちを見ていた、うんちはおもしろいと思っていた」ということです。そのことを絵本に描いた人がいたので、うれしかったということです。自分と同じことを見ていて感じている大人がどこかにいたことのちょっとした驚き、そして共感といったものです。

■他人には期待しないが君ならわかってくれるはずだという熱い手紙とともに、なんとも不思議な自費出版絵本を送ってきたアメリカ人がいました。かなりアブナい作品です。米版『みんなうんち』のファンだそうです。米訳題は"EVERYONE POOPS"です。ついでに、仏版は"A CHACUN SA CROTTE"、オランダ版は"POEP"、中国版は『大家來大便』です。タイ語は活字が見当たりません。

■子どもがこの世に生まれ出て、だいたい十年間は、世の中のことを「見る」時期、「観察する」時期だと思っています。なんとなく十年だと思っているのですが。

だから、十歳まではフリーパスです。絶対金とっちゃいけない。「動物園見たい」って言ったら「はい、どうぞ」。電車に乗りたいって言ったら「はい、どうぞ」。夜になって「泊めてください」って言ったら、「はい、どうぞ」。

実はそういうシステムがアフリカのマサイ族にあると聞いてびっくりしました。マサイ族の少年は社会人になる前に、五年間ぐらい放浪するんだそうです。仲間数人とあっちへ行ったりこっちへ行ったりと草原で暮し続けるのだそうです。そして、その子どもたちがやってくると、どこの家でもごはんを食べさせて泊めてあげる。必要な物は揃えてあげる。そうやって人生の勉強をしたのち、村に帰って、今度は彼らが村を守る人になるというわけです。実力がつくんですね。

それだけのことをする価値が子どもにはあると思います。十歳までにたっぷりときちんと物事を見る、そのことを怠ると、人生なんとなくやせてしまうような気がします。

■ピアジェやシュタイナーを一所懸命学んでいる人はたくさんいますが、肝心の子どものことをよく見ていないのでなかなかうまくはゆきません。ピアジェの中の、あるいはシュタイナーの中の子どもばかりを見ているので、変な調子になるのです。図鑑ばっかり見ている動物学者みたいなものです。イリオモテヤマネ

子どもは宝よ、
たいせつにしなくちゃ

コはなにしろ見るのが大変ですから、ちょっと図鑑でごまかしてもいた仕方ありませんが、ガキはなにしろそこらじゅうにいるのです。見る気になればすぐにでも見られるはずなのに、それは見ません。ピアジェの発達心理学の分析の中の子どもばかり見ているのです。で、そこらの平凡な子どもを無理矢理その分析に当てはめてしまったりするのです。そこらの三毛猫をイリオモテヤマネコの亜種に見立ててしまうのとほぼ同じです。少なくともピアジェのあれ、フランスのガキの話です。

■かと思うと突然「子どもに学べ」なんて極端なことを言い出す大人もいます。ほかはちょっと難しそうで無理だから、子どもなら簡単そうだとでも思っているのでしょうか。

■子どもとともに生きる、という感覚もあやしいものです。これも、大人とではちょっとつらいので子どもぐらいとなら……と思っているのでしょう。こういう大人、わりあいよくいます。でも、子どもはけっして差別主義者ではありませんので、そんな大人でも一応受け入れるのです。そこで、大人は勘違いをします。

■要は、子どもが充実して生きてゆけるために、大人の存在がどの程度役に立つか、あるいは一歩下がって、大人の存在の害がどの程度少なくてすむかということです。

■大人の充足のために子どもがどの程度役立つか、あるいは使えるかを問うた時代はもう終わりにしていいと思います。

あとがき

いくら言ってもきりがありません。書きながらもそうでしたが、割り付け作業のときにも、校正のときにも、あ、あの話、あの事件、あの現象、ほかにもいろいろ、まだまだたくさん、なんてやっていました。きりがありません。ですからこの作業につき合って手伝ってくださった方々には、ほんとうに迷惑をかけました。とりあえず皆さんにお詫びかたがた感謝です。

一九九六年十二月　五味太郎

どーなっても
しらんぞ

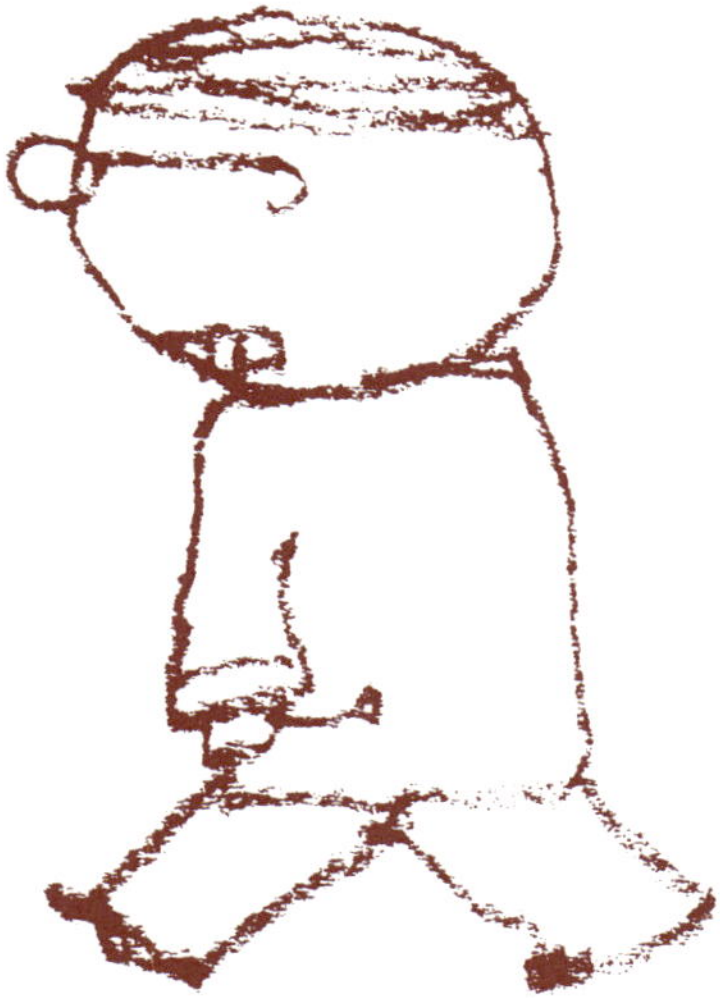

文庫版のためのあとがき

「文庫版」です。

いくら言ってもきりがないから、文庫化です。いや、きりがないのに、文庫化です。いや、いや、きりがないまま、文庫化です。

ま、どっちでもいいです。いずれにしてもこの場合、「文庫問題」というほどのこともありますまい。あまりさわがないで、文庫化です。おめでとうございます、はい、ありがとうございます、というぐらいのことです。

ま、あえて少々言うことがあるとするなら、この文庫化が世紀を超えた大事業の様相を呈している、ということです。二十世紀の問題をあえて二十一世紀に繋《つな》げてゆくべき意志としての文庫化。うーん、なかなかいい感じ、なかなか立派。

うん、たしかに、二十世紀的問題がそれなりに解決、解消したといううわさ、どこを見廻してみてもなにひとつないのですから、新世紀初頭にあたって、文庫化という形をもってあえてふたたびそれら諸問題を世に問い直す、という姿勢はかなり見上げたものです。いやいや、それも単なる成り行き上の現象、やっぱり屁理屈かもね。言わないほうがよかったかもね。

　そう、ただすっきりと「文庫化」です。

二〇〇一年三月

五味太郎

「ねぇ、五味さん！」

落合恵子

五味太郎という人物がいます。

この本の著者であり、肩書きは一応、絵本作家です。

もっとも五味太郎の肩書きは「五味太郎」である、それしかないとわたしは考えています。絵本作家という肩書きはむしろあとから、それも少々額に汗を吹きだたせながら（肩書きって、それをつけられる側からしても、汗をかくもんでしょう、気恥ずかしくて。だから心ある肩書きもまた自ら、汗をかくはずです）、五味太郎という人物のあとをせっせせっせとついていっている……そんな感じがします。

＊

「五味太郎さん、よくご存知でしょう」

絵本が好きだというひとに、よく訊かれたりします。

困った質問です。わたしは五味太郎の作品のファンなので、作品については知っています。知っているということは、読者であるわたしが、好きなように読んで、ムフフとかガハハとかフムフムとか言っているという意味です。ご本人というか、生身（なんという言葉！）の五味太郎さんにも時々会います。だいたい、おしゃれな（もちろん五味流にです！）セーターにパンツ、あるいはコート姿などで、ポケットに手をつっこんで、通りから地下に降りるクレヨンハウス東京店の階段を、いつも軽やかにかけ降りてきたりするのです。そうして、

「恵子さん！」

などと、野菜市場で泥つき大根などを抱えているわたしに声をかけてきます。余談ながらわたしは、子どもの本の専門店クレヨンハウスと女性の本の専門店ミズ・クレヨンハウスと自然食材の野菜市場と、その食材を使ったオーガニックの食堂と、玩具の店と小さな出版社もやっています。こういう風に並べると名刺の肩書き（表に書ききれずに裏面にまで肩書きが続いているひとがいるけど、そしてそれはとてもわかり易いひと、ということです）みたいで気恥ずかしいのでありますが、五味太郎さんとのおつきあいは、それらの活動を抜きには語れません。

さて、階段を軽やかに降りて来た五味さんと時々五、六分立ち話をしたりしま

す。たまにコーヒーを飲んだりもします。さらにたまに、この本に出てくるような〝大人問題〟を話したりもします。だいたいにおいて共感します。

　わたしが知っている五味さんとは、そんな時の、そんな五味さんの一面であって、〝よくご存知〟というわけではありません。と、ちょっとためらいがちに書いたのは、わたし自身、「あなたのこと、よくわかるわぁ」とか「あなたとわたしの感覚って似てるよね」と言われて、時にムッとか、ウーンとかすることがあるからです。

　ニッキ・ジョヴァンニじゃないけれど、わたしの許可なくして、わたしのことを理解したつもりにならないでほしいと思うからです。

　たぶんわたし以上に、五味太郎さんもそういうところがあるひとだと思っているし、実際、わたしが知っている五味太郎というヒトは、わたしにとってわかりやすく、理解しやすい面だけを、わたしが自動的に選んで、「知ってるつもり」になっているだけにすぎないのかもしれないのですから。

*

　五味太郎という人物は、ちょっとくすぐったいヒトです。

　どこがどうくすぐったいのか、うまく言葉にすることはできませんが、「コイツ、なかなかイケテルな」というたぐいのくすぐったさを、絵本の中にも、またこの本のようなエッセイというか、呟き集のようなものにも感じます。
実際、なかなかすごいヒトです。

五味太郎さんの作品には熱烈な読者が、それもかなり多勢います。ご本人は〝良心的・教育的見地に立って子どもを教育しようとするタイプ〟の大人にはモテないと思い込んでいるようですが、そういった大人の中にも五味ファンは多勢います。

それは五味さん、不本意なことですか？　とここでちょっと訊いたりしてしまおう。

わたしは、悪いことではないと思うのです。五味さんが評価する、突き抜けて自由な子どもや大人の中にももちろん大勢の五味ファンがいる一方、突き抜けたいけど突き抜けられず、自由でありたいけれど、子どもの自由を無意識の内にちょっと侵害してしまっているような大人（教育関係者や親、という大人も多いけど）の中にも五味ファンがいるということ……。

それは、二十一世紀、すてたもんじゃないぜ、の前兆になるではありませんか！　これはやっぱり気持ちのいい、キザシです。

＊

ところで、ほとんどすべてにおいて「同感！」のこの本の中で、ちょっとイギあり！　と思った二ヵ所について書きます。

その①　現在、「この本は一人で読むなら三歳からですね、なんて、わけのわからないことを言う」絵本専門店などあるのかなぁ。子どもの本の一専門店として、ほんとか？　と疑問を呈しておきます。話としてはオモシロイけど。

その②　犬好きのすべてが、子どもを犬のように〝調教〟したがる傾向があるわけではありません。わたしも犬といっしょに暮らしていますが、わが友バースは犬の学校に行かずけっこう好き勝手にわが道を行っています。そしてわたしもまた……。こういう犬とのつきあい方も中にはあるのです。

そう、人の数だけ〝普通〟はあり、つきあいかたも同様。

怒るときも悲しむときも喜ぶときも抗議するときも、手抜きはせずに、けれど押しつけがましくならず、まずは〝ひとり〟から、そしてかえるところも〝わたし〟という〝ひとり〟へ。

そういきたいと思っています。広言せずに、自分とのささやかな約束として。

＊

ね、五味さん。誰もが大人になれます。問題は、どんな大人を、いま大人であるひとりひとりの「わたし」が生きているか、ですね。

まったくもって、子どもからみるなら、すべての大人は、もうひとつの環境問題ですね。

（作家）

本書は一九九六年十二月小社より刊行。

|著者| 五味太郎　1945年東京都生まれ。絵本作家。桑沢デザイン研究所ＩＤ科卒。工業、エディトリアルデザインから、絵本を中心とした創作活動にはいり、350冊を超える作品を発表。独創的な作風で幅広いファンを持ち、海外でも翻訳出版される。『かくしたのだあれ』『たべたのだあれ』でサンケイ児童出版文化賞、『ときどきの少年』で路傍の石文学賞、ボローニャ国際絵本原画展賞他、受賞多数。現在はエッセイ、服飾デザイン、アニメーションビデオ制作などの分野でも活躍。著書に『みんなうんち』『さる・るるる』『創作　ことわざ絵本』『じょうぶな頭とかしこい体になるために』『絵本をよんでみる』『俳句はいかが』『ここまできてそれなりにわかったこと』『絵本を作る』などがある。

大人問題《おとなもんだい》
五味太郎《ごみたろう》

2001年５月15日第１刷発行
2025年７月７日第18刷発行

発行者——篠木和久
発行所——株式会社　講談社
東京都文京区音羽2-12-21　〒112-8001
電話　出版　(03)　5395-3510
　　　販売　(03)　5395-5817
　　　業務　(03)　5395-3615

Printed in Japan

講談社文庫
定価はカバーに
表示してあります

KODANSHA

デザイン—菊地信義
製版———TOPPANクロレ株式会社
印刷———信毎書籍印刷株式会社
製本———株式会社国宝社

ISBN978-4-06-273161-4

講談社文庫刊行の辞

二十一世紀の到来を目睫に望みながら、われわれはいま、人類史上かつて例を見ない巨大な転換期をむかえようとしている。

世界も、日本も、激動の予兆に対する期待とおののきを内に蔵して、未知の時代に歩み入ろうとしている。このときにあたり、創業の人野間清治の「ナショナル・エデュケイター」への志を現代に甦らせようと意図して、われわれはここに古今の文芸作品はいうまでもなく、ひろく人文・社会・自然の諸科学から東西の名著を網羅する、新しい綜合文庫の発刊を決意した。

激動の転換期はまた断絶の時代である。われわれは戦後二十五年間の出版文化のありかたへの深い反省をこめて、この断絶の時代にあえて人間的な持続を求めようとする。いたずらに浮薄な商業主義のあだ花を追い求めることなく、長期にわたって良書に生命をあたえようとつとめるところにしか、今後の出版文化の真の繁栄はあり得ないと信じるからである。

同時にわれわれはこの綜合文庫の刊行を通じて、人文・社会・自然の諸科学が、結局人間の学にほかならないことを立証しようと願っている。かつて知識とは、「汝自身を知る」ことにつきていた。現代社会の瑣末な情報の氾濫のなかから、力強い知識の源泉を掘り起し、技術文明のただなかに、生きた人間の姿を復活させること。それこそわれわれの切なる希求である。

われわれは権威に盲従せず、俗流に媚びることなく、渾然一体となって日本の「草の根」をかたちづくる若く新しい世代の人々に、心をこめてこの新しい綜合文庫をおくり届けたい。それは知識の泉であるとともに感受性のふるさとであり、もっとも有機的に組織され、社会に開かれた万人のための大学をめざしている。大方の支援と協力を衷心より切望してやまない。

一九七一年七月

野間省一

講談社文庫　目録

香月日輪　大江戸妖怪かわら版①〈異界より落ち来る者あり〉
香月日輪　大江戸妖怪かわら版②〈異界より落ち来る者あり　其之二〉
香月日輪　大江戸妖怪かわら版③〈封印の娘〉
香月日輪　大江戸妖怪かわら版④〈天空の竜宮城〉
香月日輪　大江戸妖怪かわら版⑤〈雀、大浪花に行く〉
香月日輪　大江戸妖怪かわら版⑥〈魔狼、月に吠える〉
香月日輪　大江戸妖怪かわら版⑦〈大江戸散歩〉
香月日輪　地獄堂霊界通信①
香月日輪　地獄堂霊界通信②
香月日輪　地獄堂霊界通信③
香月日輪　地獄堂霊界通信④
香月日輪　地獄堂霊界通信⑤
香月日輪　地獄堂霊界通信⑥
香月日輪　地獄堂霊界通信⑦
香月日輪　地獄堂霊界通信⑧
香月日輪　ファンム・アレース①
香月日輪　ファンム・アレース②
香月日輪　ファンム・アレース③
香月日輪　ファンム・アレース④

香月日輪　ファンム・アレース⑤(上)(下)
近衛龍春　加藤清正〈豊臣家に捧げた生涯〉
木原《この》音《はら》瀬《なりせ》　箱の中
木原音瀬　美しいこと
木原音瀬　秘密
木原音瀬　嫌な奴
木原音瀬　罪の名前
木原音瀬　コゴロシムラ
近藤史恵　私の命はあなたの命より軽い
小泉凡　怪談四代記〈八雲のいたずら〉
小松エメル　夢の燈《ほ》影《かげ》〈新選組無名録〉
小松エメル　総司の夢
呉勝浩　道徳の時間
呉勝浩　ロスト
呉勝浩　蜃気楼の犬
呉勝浩　白い衝動
呉勝浩　バッドビート
呉勝浩　爆弾
こだま　夫のちんぽが入らない

こだま　ここは、おしまいの地
古波蔵保好　料理沖縄物語
ごとうしのぶ　いばらの冠〈ブラス・セッション・ラヴァーズ〉
ごとうしのぶ　卒業
古泉迦十　火蛾
小池《こいけ》水音《みずね》　〈小説〉こんにちは、母さん
小手鞠るい　愛の人　やなせたかし
講談社校閲部　〈熟練校閲者が教える〉間違えやすい日本語実例集
講談社MRC編集部 編　黒猫を飼い始めた
佐藤さとる　〈コロボックル物語①〉だれも知らない小さな国
佐藤さとる　〈コロボックル物語②〉豆つぶほどの小さないぬ
佐藤さとる　〈コロボックル物語③〉星からおちた小さなひと
佐藤さとる　〈コロボックル物語④〉ふしぎな目をした男の子
佐藤さとる　〈コロボックル物語⑤〉小さな国のつづきの話
佐藤さとる　〈コロボックル物語⑥〉コロボックルむかしむかし
佐藤さとる　天狗童子
佐藤さとる／絵／村上勉　わんぱく天国
佐藤愛子　新装版 戦いすんで日が暮れて
佐木隆三　慟哭〈小説・林郁夫裁判〉

2025年3月14日現在